黄平 著

出东北记

从
东北书写
到
算法时代
的文学

上海文艺出版社

目录

自序　出东北记

我在离开东北的那一天，被雷劈过。

这不是玩笑，当时送我到火车站的同学们可以为证。如果长春火车站的站务簿足够详细，也能找到相关记录。

但是我怎么也想不起来那具体是哪一天了。是2006年的6月底没错，是6月28日，29日，还是30日？我只记得那天的天气，有一种重工业的阴郁，沉沉的滚雷，墨染的天空，天边枯梅般的闪电。从住了七年的吉林大学前卫南区出发，经人民大街到长春火车站，一路无话。事到临头，反而心乱如麻。出租车司机放的音乐是《酒干倘卖无》，"陪我多少年风和雨"，讲的是负义之人幡然醒悟。是不是太巧，但是，这也是真的。

雷劈下来的那一刻，在我进站之后。过安检登电梯，找到候车室，在黑压压的队伍后面喘一口气，想着和身边的两位同学就此挥别。那一刻大厅里嗡嗡转动的电风扇忽然定住了，所有的灯骤然熄灭，像同时被子弹击中。在极短的沉寂中，一声响雷像在地面上炸开。后来知道，那道闪电如投枪一般，精准地落在火车站的屋顶。

这个意外于是成了同学们口中的笑话。我本来以为临走的这一刻，是站台上烟尘滚动，扬帆般的手臂，在汽笛响起的那一刻骤然翻起。真正的离开原来是狼狈的，是闷热的候车室和视线模糊的镜片。我隐隐期待着一场清风，在这场暴风雨之前到来，像温和地撕开一张宣纸一样，让我和这个场景裂开——我反复地预习着毕业的离愁，但直到这一刻我才发现，其实我在期待。

生于1980年代的东北，注定在1990年代目睹父母一代的下岗，注定在新世纪选择离开。迄今为止，这是一场几百万人的出东北记。闪电劈中了火车站，闪电也劈开了红海。

但是在 1980 年代，谁会预见到雷霆呢？当你住在工厂分的房子里，在院门口每天看着厂长推着自行车从门前经过。我小时候住的房子和别墅一样有院子，和别墅的后院一样，我们也养着动物——养了一只鹅。我一直不理解，现在的网络上，鹅被网友们说成是战斗力最为强悍的动物。大城市的孩子们遇到的最强悍的动物就是鹅么？如果你和一只东北大鹅一起长大，你会发现鹅一点都不可怕。你蹲下，招手，它就会拍着翅膀跑到你怀里，把脖子搭在你的肩上。很多年后，我在法国小镇依瓦尔的湖边，见到了一只有一人多高的黑天鹅。周围的游客不敢靠近，四散着拍照。只有我站在这只黑天鹅面前，近得它可以将脖子搭在我的肩上。风从湖面上吹过来，我们彼此沉默。

我不知道这只黑天鹅的叫声是否嘹亮，是否能够划过日内瓦湖的水面。我只知道我们家的大鹅，它的声音可以很轻松地传到工厂。这不是因为它是一只特立独行的鹅，只是因为两个地方不远；更是因为它饿了，它那饥饿的叫声带着工人阶级的气质，有着不容置疑的正当性。工厂的上空，我爸妈工作的仪器仪表厂的上空，经常这样鸡鸣狗吠，却让人心里踏实。我已经快想不起那个工厂了，我的印象里只是一堆记忆碎片：茶色镜片，军大衣，墙面上刷到半人高的绿色油漆，塞到手里的健力宝与荔枝饮料，这是我爸的办公室；还有我妈的车间，车床轰隆的震动，机油和金属线圈的味道，广播里传来田连元的《杨家将》——据说我是这个厂子里最小的"讲故事的人"。在我的女儿一遍遍地读 Wonders 教材的年龄，我可以绘声绘色地讲出《血战金沙滩》。

我曾经以为时间像童年一样缓慢，就像我们曾经以为平原是安稳的，那广袤无垠、阳光明灭的黑土地，混杂着田园与社会主义工业的气息。多少个夏天的傍晚，我坐在邮局门口的冰糕摊，冰淇淋球泡在雪碧里（当地的流行吃法），在身后的报亭买一份《球报》。夏天的阳光多么漫长，似乎谁也难以预见：在未来的某一刻，漫天的鹅毛大雪，会缓缓地落在平原上，像舞台落下沉重的帷幕。

我不会接下来讲下岗的故事，双雪涛、班宇、郑执这些作家，他们已经讲出这个故事了。我只记得新世纪之交的某个元旦，空气寒冽的清晨，我自告奋勇去菜市场买菜。在没有导航的二十年前，踏碎雪、穿近路，我走进了铁西一座废弃的大厂。那锈迹斑斑的厂门，从大门蔓延到路上的齐腰高的野草，空洞地像坟墓的车间，安静地仿佛可以听见多年前的扳手猝然落地。这条路，从头到尾，我没有遇到一个人，他们埋在荒草里。我后来读到双雪涛的《跷跷板》，双雪涛当年可能也走过这条路。

没有被埋住的人，只能离开。闪电击中火车站，但没有击中铁轨。火车发动的那一刻，时间变得好快。下一站，北京；再下一站，上海。突然间成为评论家了，但我越来越不清楚"艺术"和我们的生活是什么关系；突然间成为大学教授了，但认真读的书却越来越少了。还有，我的语言都在改变。比如"二楼"，我会比较注意地说成"两楼"；能用"再会"我就避免说"再见"。这是什么时候发生的，我不知道。

感谢过往的旅程。就像到北京后的第一个秋天，站在人民大学图书馆的门前，站在门前那棵槐树的阴影里，我给母亲打电话，告诉她有多少个机构来找我讲课，像北京吉利大学每天开出课酬八百块。我第一次知道有钱真好，我有了很多张会员卡，可以像看电影一样去人艺；我打车去健身房跑步，跑完步去吃牛排；我在日本大使馆听大江健三郎的演讲，我不知道这种演讲还会配发同声传译的耳机，也就这么面带微笑地听完；我在北大的大讲堂看《三峡好人》的首映，挤在最前面和贾樟柯握手，"向您致敬"——这浮华的一切。感谢人民大学，也要感谢从人大西门到北京吉利大学的这五十公里。后来听说吉利大学的校区划给北大了，我一时恍惚，不知道自己算吉大校友，还是北大校友。我可能算北大的编外校友，我经常去北大蹭课。我还在戴锦华老师的课堂上，遇到了后来的妻子，她同样在北大蹭课。再说一次吧，谢谢北京。

上海，从来不教你个人奋斗的故事，这个故事在这座城市里不用教。我在上海，就像在半空中生活；这是一座伟大的城市，因为可以在半空中生活。这里的一切都很周到，就像是童叟无欺的服务。在工作和定居的意义上，这是极为理想的城市。生活也变得理性，像一张张表格依次展开。这是提前到来的中年吧，我手机里被算法推送的广告，或者是关于植发，或者是关于上海周边"不限购、不限贷"。

这本书里讨论的作品，对我首先是一次契机，将自己的昨天和今天接在一起的契机，原来崇明岛也可以长出东北大米。我在这里不需要对这些作品说什么了，我已经说了很多，变成了今天的这本书。对了，有文学圈的朋友说我是含着眼泪听完《野狼disco》的，不是的，我是笑到流泪地听完的。

但是我不容易确信，那个烟雾缭绕的晚上，是他们小说里的情节，还是我生活里的一部分。那是一个混合着劣质二手烟和军大衣气味的寒夜，我似懂非懂地看着包括我父亲在内的一群人，在溃败中慷慨激昂，像一群残兵最后的冲锋。他们对于时代最辽远的想象，是在异地重建自己的工厂。他们还在被终结的历史的轨道里，带着茶渍的杯子和铁渍的灵魂，以及对于现实一塌糊涂的错认，对于未来陈旧虚妄的梦想。

一败涂地，最后留在原地的，只有文学。

和摆在大家面前这本书直接相关的，是即将远行的父亲，带我去图书馆，办了一张借阅证。我走进书库，在浮动着灰尘的阳光中，借了一摞《呐喊》。我之前读过的最过瘾的小说是《天龙八部》，我以为名气更大的《呐喊》，势必是篇幅更为恢宏的巨制。在我熟悉的世界开始崩塌的时刻，我开始阅读，直到通过虚构重建一个真实的世界。

　　我父亲和工友们，过完那一年的元宵节后去了远方。我的家乡有一个奇异的风俗，在元宵节这一天，所有房间的窗台上要点上一支红蜡烛。尽管是数九寒天，但那一晚的院门也是要打开的，走出院门，外面的小路两边，家家户户都在院门两侧燃起了蜡烛。白雪琉璃世界，一条条路上，一家家的窗台上，红色的烛影摇曳。我记得，我把蜡液一点点滴在窗台上，然后小心地把蜡烛粘在上面。蜡烛像灯塔一样，映在黑夜里结着霜花的玻璃上，也映出了我的脸。

2021 年 8 月

第一章

"新东北作家群"总论

"小说稿已看过了，都做得好的——不是客气话——充
满着热情，和只玩些技巧的所谓'作家'的作品大两样。"

——鲁迅

1935 年 2 月 9 日致萧军、萧红信

一 "新东北作家群"的出场

"新东北作家群"出场的标志性事件,是双雪涛的中篇小说《平原上的摩西》在《收获》杂志2015年第2期上的发表。在此之前,1972年出生的抚顺作家赵松在2009年通过独立出版的方式出版了《抚顺故事集》①;1978年出生的哈尔滨作家贾行家以"阿莱夫"为名在2011年8月注册网易微博并开设"他们"专栏,以每篇

①《抚顺故事集》2009年的最初版本并不完整,和该书正式出版的最后版本(广东人民出版社2015年版)相比,2009版没有"地方"(10篇)部分,"人物"部分缺《姥爷》《马丁之痛》。据赵松接受笔者采访时回忆,他是在2006年应黑蓝文学网的网刊之约写专栏,每月一篇,写出《抚顺故事集》最初的13篇。

163 字为限的篇幅记录"他们，困苦地活着"①。这两位作家已经取得了一定的影响，他们冷峻的片段式人物素描，也一定程度地预示了"新东北作家群"的美学风格。

双雪涛《平原上的摩西》则提供了这一美学风格的成熟典范，《收获》作为文学场域的核心刊物，宣告"新东北作家群"正式在文学界登场。"新东北作家群"中几位代表性的作家，不约而同地先后获得《收获》的承认。继 2015 年发表双雪涛《平原上的摩西》后，《收获》2018 年发表班宇的《逍遥游》，2019 年发表郑执的《蒙地卡罗食人记》。其中班宇的《逍遥游》获得 2018 "收获文学排行榜"短篇小说第一名，在双雪涛之后再次经由《收获》成名。

"新东北作家群"的几位作家，首先分享着其他青年作家类似的文坛成名方式，经由"名刊—名校—文学奖"这一系列文化体制获得文化资本。代表性的如双雪涛 2015 年在《收获》成名后，在同年 9 月就读中国人民大学文学院首届创造性写作研究生班②，并在 2018 年获

---

① 该书后以《潦草》为名，由上海三联书店在 2018 年出版。
② 同一届作家班同学是张楚、崔曼莉、南飞雁、杨薇薇、孙频、侯磊、郑小驴。

得文学硕士学位。双雪涛非常受文学奖的青睐，按照时间顺序，其先后获得首届华文世界电影小说奖首奖、第十四届台北文学奖、第十五届华语文学传媒大奖年度最具潜力新人奖、第十七届百花文学奖、2017年《南方人物周刊》年度青年力量奖、2017汪曾祺华语小说奖、第三届单向街书店文学奖年度青年作家奖、2018年智族《GQ》年度作家奖、第十届辽宁文学奖特别奖、第三届宝珀理想国文学奖等一系列奖项。

但更值得注意的，是和以往的青年作家相比，这一批"新东北作家群"不同的出场方式：他们更多地受到市场化媒体的支持。双雪涛文学之路的较为特别之处，是从获得台湾的文学奖开始。上文提到，他在2011年初获得台湾主办的"首届华文世界电影小说奖首奖"，2012年获得第十四届台北文学奖。不过对于大陆作家而言，这种从台湾的文学奖开始的文学之路，从王小波到张怡微，也并不鲜见。然而到了比双雪涛年轻三岁的班宇这里，他首先选择的是网络，班宇以"坦克手贝吉塔"为ID，在2014年2月与"豆瓣阅读"签订专栏计划，当年2月12日发表第一篇《野烤玉米》，之后双周更新一篇专栏，合计十篇，结集为《铁西疯食录》；2015年2月班宇在"豆瓣阅读"上初次发表小说《铁西冠军》系列（含《铁西冠军》《车马炮》《我曾看见满天星斗》三个短篇）；2016年10月发表《打你总在下雨天：工人村蓝调故事集》，含《古董》《鸳鸯》《云泥》《超度》四个短篇，《打你总在下雨天：工人村蓝调故事集》获得第四届豆瓣阅读征文大赛喜剧故事组首奖。这四个短篇，加上《车马炮》一篇（经作者修改并更名为《破五》），五篇小说以《工人村》为名，收录在班宇第一个短篇小说集《冬泳》中。此外班宇小说在普通读者层面上的传播，有赖明星易烊千玺2019年2月在社交媒体上推荐了《冬泳》。

和双雪涛与班宇相比，贾行家与郑执的出场方式更为多样。贾行家在网易微博上的专栏渐受关注后，在2017年3月"一席"发表演讲《纸工厂》。"一席"创办于2012年8月，是近年来深受关注的中文互联网知识传播平台。在贾行家之后，"一席"在2017年4月邀请双雪涛演讲《冬天的骨头》，2019年1月邀请郑执演讲《面与乐园》。郑执则借助《鲤》发起的"匿名作家计划"成名。在传统的文学场域中，很难找到恰当的概念来描述"匿名作家计划"。这一计划的发起方《鲤》形似杂志，实则是以文学为主的"主题书"，由张悦然主编，周嘉宁担任文字总监，创办于2008年，基本每年出版两本，自2018年开始出品方是广西师范大学出版社北京贝贝特出版公司的品牌"理想国"（"理想国"也是双雪涛、班宇作品背后的出版方）。在创刊十周年之际，《鲤》于2018年4月出版《鲤·匿名作家》，宣布发起"匿名作家计划"。在宣言中直接提到这是一次"蒙面唱将"式短篇小说竞赛。《蒙面唱将》系江苏卫视一款火爆的音乐真人秀综艺节目，由歌手蒙面比赛。"匿名作家计划"以综艺节目的方式组织文学竞赛，最终郑执的《仙症》获得冠军。综艺节目的方式确实有助于"匿名作家计划"的广泛传播，也并没有损坏文学的品质。笔者阅读《仙症》深受触动，这篇小说堪为近年来短篇小说的杰作。

同时借助纯文学场域与市场的力量，是这一批"新东北作家群"的出场特征。笔者在上述梳理中还没有提到影视的力量，目前双雪涛、班宇、郑执的作品改编的电影即将上映，可以想象借助电影市场又将掀起一波热浪。与这批"新东北作家群"相比较，也有一批"80后"

作家在纯文学场域中成长，一路就读于名校，任职名校名刊或各大作协，但缺乏市场的推动；另一批更早地以韩寒、郭敬明为代表的面向市场的"80后"作家，比如郭敬明也曾经试图借助纯文学的力量，在《收获》《人民文学》上先后发表作品，但并不成功。真正打通纯文学与市场边界的，在文学与社会两个层面上同时获得影响力的，是这一批年青的东北作家。尤有意味的是，不仅在文学场域"新东北作家群"展现出跨界性，在美学向度上同样如此：从李陀到王德威，不同美学立场的批评大家都著文肯定这一批作家的文学探索。

从东北出发，在上海成名，和1930年代的"东北作家群"相似，八十多年后的中国文学迎来"新东北作家群"。从双雪涛到班宇，一浪接续一浪，构成当代文坛这几年最为引人注目的风景。值得注意的是，这是一场不但包括文学而且包括电影、音乐在内的全方位的文艺复兴。当代电影自王兵《铁西区》(2003)以来，近年来表现泛东北的以"下岗"为故事背景的电影，基本上囊括了海内外的各类电影奖项，如张猛《钢的琴》(2011，第14届上海国际电影节最佳影片奖等)、刁亦男《白日焰火》(2014，第64届柏林电影节最佳影片金熊奖等)、张大磊《八月》(2016，第53届台湾电影金马奖等)。在电视剧领域赵本山团队的《刘老根》(2002—2003)、《马大帅》(2004—2006)、《乡村爱情故事》(2006至今)等作品有长久的影响力与收视率；当代音乐也不遑多让，董宝石《野狼disco》以一场不断反讽、不断自我瓦解的"蹦迪"表现东北的失落与不甘，在2019年唱遍大江南北。而这一浪潮之间的不同文类亦彼此影响，双雪涛谈到过《平原上的摩西》受到《白日焰火》的影响①，而董宝石坦陈他的音乐受到班宇小说的启发②。有意味的是，作为说唱歌手的董宝石体现出明确的文学史意识，他将这一浪潮称为"东北文艺复兴"③。

---

① 双雪涛、三色堇：《写小说是为了证明自己不庸俗》，《北京青年报》，2016年9月22日文化版。

② 参见《董宝石对话班宇：野狼disco不是终点，我要用老舅构建东北神奇宇宙》，GQ Talk，2019年10月9日。

③ 同上。

二 "新东北作家群"的主题与风格

在这一批以"80后"作家为主的"新东北作家群"涌现之前，东北籍的作家在当代文坛已屡领风骚，如迟子建以《额尔古纳河右岸》获得第七届茅盾文学奖，齐邦媛以《巨流河》享誉海内外文坛。但作家之为"群"，在于他们分享着近似的主题与风格。如果说上世纪30年代"东北作家群"以"抗战"为背景，那么当下"新东北作家群"回应的主题是"下岗"。"新东北作家群"所体现的东北文艺不是地方文艺，而是隐藏在地方性怀旧中的普遍的工人阶级的乡愁。

这也合乎逻辑地解释了，这一次"新东北作家群"

的主体是辽宁作家群，或者进一步说是沈阳作家群。如果没有东北老工业基地1990年代的"下岗"，就不会有今天的"新东北作家群"。我们经常望文生义地理解地方文学，过于简单地将文学地方化。在文学的意义上，"东北"不是地方概念，"上海"或"陕西"等省市也不是地方概念。正如农业文明的现代困境，成就了一批陕西作家；工业文明的现代困境，成就了这批辽宁作家。

这是一个迟到的故事：1990年代以"下岗"为标志的东北往事，不是由下岗工人一代而是由下岗工人的后代所讲述。这决定着"新东北作家群"的小说大量从"子一代视角"出发，讲述父一代的故事，比如双雪涛的《大师》《无赖》《光明堂》《飞行家》、班宇的《逍遥游》《盘锦豹子》《肃杀》《空中道路》以及郑执的《仙症》。诚如贾行家所言："我一直很偏执地记录这些人，甚至到了他们自己都忘记自己的时候。"①

以往的文学理论，更多地从技巧层面上的"内部/外部"来讨论视角，忽视在文化层面上"内部"与"外部"

---

① 参见贾行家《纸工厂》演讲。

的辨析。在共同体内部看来，从子一代的视角出发，长久笼罩在东北工人头上的想象，比如将一个以重工业为主的福利社会的状态讲述为粗野、懒惰、依赖性强、吃大锅饭，并不是一种普遍性的"常识"，而只是"东北想象"之一种——这种新自由主义的霸权想象自1990年代国企改制以来一直居于主流，乃至于被东北人内化为自我指认。而在双雪涛与班宇等作家笔下，作为下岗工人的父亲一代，其潦倒落魄的表象下面，有不可让渡的尊严。代表性的作品如双雪涛的《大师》，父亲35岁下了岗，老婆离家出走，每天沉溺于下象棋与喝白酒。在这种境况下，十年前的棋友来访：十年前父亲还是拖拉机厂仓库管理员，现在是终日烂醉、脖子上挂着家门地址的下岗工人；十年前棋友是仓库隔壁监狱里的瘸子犯人，现在是没了两条腿的云游和尚。这一局棋倾注了两个人半生的沧桑，在"我"眼中，那一刻父亲重新可以依靠：

父亲也抬头，看着我，我把手放在他的肩膀上，那个肩膀我已经很久没有依靠过了，我说：

爸，下吧。父亲说：如果你妈在这儿，你说你妈会怎么说？我说：妈会让你下。父亲笑了，回头看着和尚说：来吧，我再下一盘棋。[①]

小说结尾父亲展现出英雄般的高贵，将本来能赢的这局棋让给了和尚，并且按照落子前的约定，让"我"叫和尚一声"爸"。"父子"关系由此溢出了血缘，转化为子一代的"我"——小说的叙述人——对于下岗一代的重新确认。同样的转折也出现在班宇《盘锦豹子》的结尾，多年隐忍的父亲被逼到拔刀而起，威风凛凛如一头豹子，"而那一刻，他也已看不清父亲的模样"[②]。一代人的辛酸，凝聚为父亲最后的呐喊：

孙旭庭昂起头颅，挺着脖子奋力嘶喊，向着尘土与虚无，以及浮在半空中的万事万物，那声音生

① 双雪涛：《大师》，《平原上的摩西》，百花文艺出版社，2016年，第71页。
② 班宇：《盘锦豹子》，《冬泳》，上海三联书店，2018年，第45页。

疏并且凄厉，像信一样，它也能传至很远的地方。①

可能难以想象，关于1990年代影响上千万人的东北下岗潮，时至今日也找不到一部沉重的社会学、历史学的作品予以记录，相关的史料寥寥。双雪涛、班宇、郑执他们的写作，就像一封晚寄了二十年的信，安慰着步入人生暮年的父辈。他们的小说，在重新理解父辈这批失败者的同时，隐含着对于单向度的新自由主义现代性的批判。新自由主义所塑造的"标准人"，是市场的人格投影，理性、冷漠而精于计算；在"新东北作家群"的笔下，则游荡着太多的"畸人"，他们充满理想却不合时宜，被视为疯子或废人。双雪涛在大陆发表的第一篇小说《我的朋友安德烈》，记录着安德烈这样的中学同学如何拒绝向一个时代投降，直到被送进精神病院；而《冷枪》中的"我"冒着退学的风险也要在宿舍楼里打一架，因无法忍受有人在电脑游戏中作弊，"用狙击枪射杀着看

---

① 班宇：《盘锦豹子》，《冬泳》，上海三联书店，2018年，第44页。

不见他的年轻人"①。王德威曾经谈到，"这些人物浮游于社会底层，从任何的角度说，他们是畸零人、失败者、犯罪者、重症病人，或根本就是无赖。然而双雪涛对他们别有一种亲近之感。"② 有意味的是，这是王德威三十年后再论"畸人"。③ 如果说1980年代的"畸人"，是瓦解高大全红光亮的美学语法；那么当下的"畸人"，是突破物竞天择适者生存的市场法则。

对于父兄辈的失败者，双雪涛、班宇这一代并不是停止于感伤，而是以文学的方式，为这群历史的牺牲品追索正义，比如双雪涛的《北方化为乌有》、班宇的《枪墓》及郑执的《生吞》。在《北方化为乌有》中，除夕之夜，一个"一直用短句子""第一人称儿童视角"的东北青年小说家，被醉酒的女出版人纠缠在家里喝酒，并且

---

① 双雪涛：《冷枪》，《平原上的摩西》，百花文艺出版社，2016年，第174页。

② 王德威：《艳粉街启示录——双雪涛〈平原上的摩西〉》，《文艺争鸣》，2019年第7期。

③ 王德威：《畸人行——当代大陆小说的众生"怪"相》，选自《众声喧哗——30到80年代的中国小说》，台北：远流出版公司，1988年第1版，第209页。笔者曾在另一篇论文《再造"新人"——新时期"社会主义现实主义"调整及影响》(《海南师范大学学报》2008年第1期)讨论过王德威这一看法的文学史意义。

被嘲讽着"除了童年你什么也不会写"。出版人提到小说家正在写的小说里的一桩凶案，提到一篇自由来稿中也写了一模一样的故事。小说的"虚构"层面渐次瓦解，小说家展示出一块带血的衣领，告之出版人自己正是小说中被杀死的车间主任的儿子，并且和出版人通过电话约到了这个作者深夜来会。虚构的文学转为历史的见证，曾经的车间主任之子，当年车间主任恋人的妹妹，两个"子一代"的叙述视角彼此补充，在对话中还原东北往事：当保卫工厂的车间主任被腐败分子雇凶杀害后，"姐姐"多年来不止不休地追凶，最终将凶手杀死，并且将逐一地对当年的腐败分子完成复仇。《北方化为乌有》带有元小说性，展现着从"虚构"出发的叙述最终如何走向"现实"。这样的小说沟通了叙述与正义的关系，完成对于自身的救赎：小说重新成为一种有道德承担的文类，而不是纯粹的叙述游戏。

"新东北作家群"这种依赖于"子一代"视角的叙述，同样可以被归为"青春文学"；或者更进一步说，随着这批下岗工人后代的青春叙述浮出历史，新世纪以来统治青年写作多年的"青春文学"的叙述程式到此终结。"青春"和"文学"这两个 20 世纪中国的关键概念长久地被"青春文学"所宰制，这种"青春文学"从 1990 年代以来的占有性个人主义出发，侧重内心倾诉，充满自恋地处理题材与语言，标榜一种去历史化、去道德化的职业写作，以所谓"叙述"的可能性来掩饰内心的空洞与文学的贫乏。

"新东北作家群"这批青年作家的文学突围，首先是语言的突围[①]。具体地说，和以往"青春文学"常见的长句与陌生化比喻相比，双雪涛、班宇等人的小说多用短句，充满着大量东北日常口语。句子的"长"与"短"的差异，落实在以往的青春文学作家多用自由间接引语，而"新东北作家群"作家大量使用直接引语。这里显然有两种文学观的差异：自由间接引语一定程度上让出叙述人的权威，从人物的视点引出人物的内心世界；直接引

---

① 李陀以班宇小说为例谈到这一现象："约有二三十年了，小说的写作流行一种文体：无论叙事、描写，还是对话，往往都或隐或显地带一种翻译腔，文绉绉的，雅兮兮的，似乎一定要和日常口语拉开距离，似乎这个距离对'文学语言'是必须的，不然就不够文学。李陀：《沉重的逍遥游——细读〈逍遥游〉中的"穷二代"形象并及复兴现实主义》，参见微信公众号"80 后文学研究与批评"之"新东北作家群"专辑。

语不直接进入人物的内心世界，而是停留在人物的对话上。一个极端的例子是班宇的《双河》，小说第二节第一段，"我"与关系暧昧的刘菲在菜市场相遇，这短短一段有二十六个"说"，通过"我说"与"刘菲说"，层层揭示出"我"与刘菲的互相试探。

侧重自由间接引语的作家，一般来说反对语言与现实的同一性，拆解文学对于现实的"摹仿"，并在此基础上凸显"个人"的"内心"的独异性。如同奥尔巴赫对于伍尔夫小说的分析："作为客观事物讲述者的作家几乎完全隐去，几乎所讲的一切都像是小说人物意识的映像。"[①] 这是祛魅的个体时代的艺术，在20世纪兴起自有其历史根源。"新东北作家群"的青年作家们，要想超越这一现代主义的写作程式，必须接过一百年前那对于现实主义仿佛"致命一击"的问题：人物之外的叙述人，是否可信？现代主义小说由此凭借叙述的间离，貌似从叙述人这里把人物还给人物。十多年前底层文学兴起时也

[①] 埃里希·奥尔巴赫：《摹仿论——西方文学中所描绘的现实》，吴麟绶、周建新、高艳婷译，百花文艺出版社，2002年，第596页。

遭遇到这一诘问：谁可以为底层"代言"？底层文学一方也沿着对方的逻辑走向新工人文学，似乎也寄希望于底层自身的发声。

"新东北作家群"的写作，深刻回应了这一文学史难题。其关键之处，在于"新东北作家群"的写作，是共同体内部的写作。"子一代"视角是一个既在"外部"又在"内部"的视角：因其在"外部"，在多年之后回溯，可以总体性地、历史性地回顾共同体的命运，超越个人视角的有限性；因其在"内部"，血缘与阶级上的父子关联，使得"代言"的道德难题迎刃而解，他们天然地有"代言"的合法性，父辈的命运最终落在子一代身上。仿佛历史的胎记，在双雪涛、班宇的多篇小说中，1990年代9000元的中学学费不断出现，能够体会到这笔残酷的学费如何成为作者当年的梦魇——学费使得子一代最切身地体验何谓"下岗"，双雪涛小说的韩文版直接被译者定题为《九千班的孩子们》。这种间离而同一的文化立场，导致小说的叙述视角充满创造性。也似乎只能在这一文学的位置上，"新东北作家群"有效地超越了现代主义文学，创造出一种共同体内部的写作，一种新颖的现实主义写作。口语化的短句，依赖对话与描写，丰富的日常生活细节，几乎不使用心理描写，强烈的故事性，这大致是"新东北作家群"的现实主义风格。

在对班宇《逍遥游》的分析中，李陀指出班宇等人的小说在复兴现实主义，并且强调了"写作"的意义上现实主义的创造性①。现实主义的复兴，有必要清洗被污名化的定见，"夺回"一些被现代主义所框定的概念。比如寓言化的写作，班宇是本雅明意义上的寓言作家：在一个废墟般的世界里，班宇将碎片转化为概念，将概念转化为寓言。无论是《空中道路》或是《冬泳》《夜莺湖》，小说最终寓言化的翻转，往往是不连续的两个历史时间叠搭在一起，历史的非连续性，使得小说里的"现实"笼罩着一层恍惚的非现实感。毕竟，在本雅明看来，"寓言"是关乎救赎的表达形式。也正是在这个意义上，在班宇的成名作《逍遥游》中：身患尿毒症的"我"什么都在失去，并最终认清了自己的虚弱——对应的象征世界在解

---

① 李陀：《沉重的逍遥游——细读〈逍遥游〉中的"穷二代"形象并及复兴现实主义》，参见"80后文学研究与批评"微信公众号—"新东北作家群"特辑。

体，人物等待在绝对的空无之中。小说无穷无尽的反讽像波浪一般涌动拍击，组织起无穷无尽的高度写实的细节与语言，一切建基在反讽的虚空之中，而这虚空又包含着等待。《逍遥游》超越了"现实主义"与"现代主义"的二元对立，成为反悲剧的悲剧。

总之，"新东北作家群"的小说，在主题和美学风格上都是一次召唤。召唤历史的连续性，召唤小说的道德使命，召唤真正的艺术。同时，基于对类型小说叙述的挪用，乃至于小说所外在的故事性和道德感，这种召唤可以穿越文学场，抵达所有的读者。文学与现实，技法与伦理，艺术与市场，一切分裂的都在重新生长为一体。

三 "新东北作家群"的未来

如同现代文学史上的传奇复现：一群来自东北的青年作家，以他们的写作震动文坛。对于逐渐边缘化的当代文学，这群青年作家再一次提醒我们，文学不是一种可以分离出去的"专业"，而是从来都和生活血肉相连。但是当他们站立在文坛的中央，未来何去何从？八十年前的传奇，最终并没有圆满的收场。

在"新东北作家群"中，班宇对未来有一个戏谑而不乏深刻的展望：

2035 年，80 后东北作家群体将成为我国文学批评界的重要研究对象，相关学者教授层出不穷，成绩斐然。与此同时，沈阳被联合国教科文组织命名为文学之都，东北振兴，从文学开始。

2065年，文学将进入智能定制模式，足不出户，即可下一单文学作品，以供阅读。可对语言、流派、字数、地域、姓名、故事模型等多种项目进行勾选和填写。宣传口号或为：××外卖，写啥都快。生命科学技术取得长足进步，博尔赫斯于同年复活，醒来的第一句话是：天堂不是图书馆的模样，地狱才是，感谢你们将我拯救出来。次月，他觉得仍处地狱，不曾脱离。

2095年，文学的全部概念均被瓦解，已不存在，无人提起。只有一少部分人进行秘密结社，坚持从事写作这种古老活动，被视为正统社会的异端，生存空间极其狭隘。他们试图与写作机器对抗，但屡屡挫败。同年某地下室，东北作家群体遭逢博尔赫斯，并将其击倒在地。原因不明。①

---

① 班宇：《未来文学预言》，参见《鲤·时间胶囊》，九州出版社，2018年，第7页。

班宇这段"展望"触及了宰制"新东北作家群"的多重维度：学术体制、纯文学、技术现代性社会。他们的写作首先被学术体制化，之后面临着演进到人工智能时代的技术化文学的压制，最终被"写作机器"及其对应的非人化的技术现代性社会所取消。而这一切的结局——或者说开始——是作为象征的博尔赫斯。在一个文学黑客帝国般的世界里，从事地下抵抗运动的"新东北作家群"遭遇博尔赫斯并将其击倒，不知道他们在百年后能否逆转未来？

　　技术现代性社会最终将毁灭文学，而将文学知识化的文学批评与将文学技术化的纯文学写作，构成了技术现代性社会的文学建制。由此反推，"新东北作家群"写作的未来，在于能否抵抗技术现代性社会及其文学建制。"新东北作家群"的写作作为当代文学的岔路口，使得两条道路得以显豁：一条道路是"文学是数学"，就像《黑客帝国》中的尼奥最终被史密斯感染，"新东北作家群"的写作将最终变得技术化，文学最终和当代世界数字化、金融化、符号化、虚拟化的逻辑契合，脱实向虚，成为一种技术化的叙述游戏，直至被取消；一条道路是"文学是人学","新东北作家群"的写作从东北开始，重构文学与生活的联系，在历史的连续性中展开叙述，保卫真实的情感与人性。

"新东北作家群"的写作，势必将挪动两个文化政治坐标：技术现代性社会中"东北想象"的位置、文学场中"东北文学"的位置。有以下诸种的主流"东北想象"彼此交叠：基于市场经济视点，"东北"被视为官僚化的计划经济残留；基于现代化逻辑的视点，"东北"被视为贫困的欠发达地区；基于都市文明视点，"东北"被视为愚昧的乡村；基于现代理性社会的视点，"东北"被视为粗野的奇观。总之，"东北"被视为以理性、技术、效率为内核的现代性文明的"外部"，这种现代性想象在当下处于绝对的霸权地位。

基于这种霸权想象对于"东北文学"的限定，一方面"新东北作家群"的写作受到文坛欢迎，东北文学的冷峻残酷，有一种奇异的魅力，填充以往小资化写作的贫乏虚无；另一方面，"东北文学"被理解为一种地方文学风格，"新东北作家群"的作家们被无意识地暗示要走出"东北"，变成"成熟"的职业作家。

"新东北作家群"承受压力的地方正在于此。落实到写作上来，成名后的双雪涛、班宇等开始表露出求新求变的倾向。班宇在2018年第5期的《作家》上发表《山脉》，小说共分五节，炫技般地先后使用文学评论、讣告、日记、小说、创作谈五种文类，彼此互相指涉，构成叙述的迷网。其中第四节即小说段落是我们熟悉的班宇小说，塑造了一个善良、懦弱、爱读书的、最终在持续的侮辱中失踪了的工人。然而这样一个故事陷落在前前后后的叙述网络里，共情被悬置，意义指向变得陌生化。班宇在此对于自身"写作"（小说中"小说家班宇"出场）刻意暴露、中断、戏仿，试图在寻求一种新的写作方法。同时，班宇在《唤醒疲惫之梦》这篇文论中反思"小人物"书写：

　　　　对于"小人物"的书写，在今日而言，与其说是惯性，不如看作是一个传统而安稳的起点，一种陈腐、仓促但却可以身体力行的抵抗手段，每个人似乎都可以从这里开始，贡献或者呕吐出自己的经验，并将其作为批判与抗议的工具。与此同时，所有的叙述又都很难不沦入上述的想象境况——写作者不再与自身的固见作斗争，也没有经过破裂与自我组建，只是站在高台上展示出来，成为大大方方的输家，扯开一面旗帜，落寞与溃败在此迎风招展。在这样的困境里，书写的突围变得难以实现。[1]

笔者以为，班宇《逍遥游》等小说已经为"写小人物"创制了一种新的叙述，但这种文学实践还缺乏足够的讨论，班宇自己也似乎有些犹疑。和班宇的反思相比，双雪涛走得更远。在北京大学的一次演讲（2018年11月23日）中，双雪涛谈到：

> 说到《平原上的摩西》和《北方化为乌有》，我觉得这两部小说写得有点问题，这两部小说写得有点机巧，尤其是《北方化为乌有》。这个题目虽然比较容易被人记住，但我稍微有点武断。我可以辩解说"北方"是见闻，或者我永远不承认"北方"是沈

---

[1] 班宇：《唤醒疲惫之梦》，出自《"当下文学中的'小人物'书写"二人谈》，《福建文学》，2019年第7期。

阳，但这明显带有一点狡辩的意味。根据小说叙述的设计，在一个集中的环境、准确的时间——除夕夜，人物往我视域上靠拢，写得比较集中。现在看这个小说写得还是紧了一点。出发点其实是叙述的乐趣，而不是追求历史真相，但写着写着就自动把你带到那个东西里面去了，去寻找当时真实发生了什么。①

在双雪涛 2019 年结集出版的小说集《猎人》中，东北的场景与故事基本上化为乌有，取而代之的是作家、编辑、出版人、编剧、导演、制片人、演员、明星、经纪人、记者等人物。唯一的东北故事是《杨广义》这一篇，作为"神刀杨广义"，这个 1990 年代的工人依赖传说中的刀法，逃逸在传奇之中。理解《猎人》和双雪涛的变化，代表性的作品是《武术家》，从"九·一八"之后的奉天写到"文革"期间的北京，国仇家恨，最终不过是日本武士邪术作怪。小说结尾，主人公借助一句咒语

① 鲁太光、双雪涛、刘岩：《纪实与虚构：文学中的"东北"》,《文艺理论与批评》, 2019 年 第 2 期。

"春雨细蒙蒙 我身近幻影"，将日本武士的"影人"化为一缕飞烟。

小说貌似荒诞不经，实则作者有深意存焉。贯穿《武术家》始终的，是对于"身"与"影"也即"实"与"空"的辩证讨论，小说也是在这一哲思下，刻意以"轻"写"重"。但通读下来，实在难言成功。这篇小说以过于轻易的叙述解构 20 世纪的诸种"大叙事"，小说只是借助词语的魔法来完成复仇，不知道这是不是就是"叙述的乐趣"的旨趣所在。假设以这种叙述策略重写《平原上的摩西》，将 1990 年代的工人一代讲述为不过是中了日本武士的邪术，困在 9000 元学费前的少年们是看不清"我身近幻影"，不知道能否说服曾经的作者？

双雪涛的文学世界中一直有一条奇幻书写的暗线。他写过一篇致敬王小波的《我的师承》①，王小波无疑是叙述的大师，但学习王小波很容易流于表面。王小波的叙述天马行空，奇趣横生，但叙述深处有不可化约的沉

_____

① 双雪涛：《我的师承》，《文艺争鸣》，2015 年第 8 期。

痛。王小波由创伤、记忆讨论到革命、技术现代性，始终聚焦在20世纪现代性的核心议题与当代中国历史实践的交错。把握不住王小波叙述背后的思想性，很容易流于叙述的游戏，最终叙述指向的是一种虚无的逃避。有论者将王小波小说视为"犬儒主义哲学"①，固然有些简单化地理解了王小波小说，但也点中了王小波流行开来的时代氛围。

双雪涛的小说结尾常常以"湖""河""大海"或"天空"结束，有论者指出双雪涛以"水"结尾，是对历史性的失序之后坠落的恐惧，"水"是作者恐惧感的物质赋形②。这种看法有其道理。笔者就此补充的是，无论是陷落在水中还是消失在空中，是将无法解决的现实矛盾想象性地解决，如双雪涛在《天吾后记》(台湾版，2019年出版)序言中所言，观察生活和书写生活可能是逃离生活的最好办法。双雪涛东北书写中的"传奇感"，就此很容易滑向奇幻。出生于1983年的双雪涛与郭敬明等"80

---

① 刘剑梅：《革命与情爱——20世纪中国小说史中的女性身体与主题重述》，上海三联书店，2009年，第259页。

② 喻超：《"创伤"的情感体验与文学表达——双雪涛地域文化小说论》，刊于《文化研究》(第42辑)。

后"作家尽管出道前后差了十多年，但他们是同龄人，郭敬明的《幻城》《爵迹》以及网络文学中的玄幻文学，长久地居于青春文学消费市场的主流。规训郭敬明以及网络玄幻作家的文学生产机制，对于双雪涛而言，同样构成了塞壬的歌声。而双雪涛对于奇幻故事并不陌生，无论是长篇处女作《翅鬼》还是被改编为电影的短篇小说《刺杀小说家》，他的奇幻书写虽然远远不如东北书写，但一直绵延不断，在《猎人》中重新翻为主流。

双雪涛的奇幻写作也不乏出色作品，《猎人》中最出色的一篇是《火星》。一对中学恋人多年以后相见，一个穷小子和女明星的俗套，被极为精彩地翻转，语言节制准确，布局谋篇老练，叙述上极为成熟。然而这篇小说骨子里是鬼怪加情义的都市传奇，小说象征性地发生在"上海—山区"，面对着寻求刺激与慰藉的中产阶级受众。因双雪涛目前所在的文学场的位置，一个定居在北京的职业作家，一个面向都市受众的电影编剧，"都市传奇"有可能取代"东北往事"成为他主要的文学方向。

笔者在 2017 年化用文学史经典概念，以双雪涛《平原上的摩西》为例，呼告"新的美学原则在崛起"，这一提法屡遭善意的讥讽。随着班宇、郑执等一批作家的崛起，笔者当年的预判没有落空。但这里笔者不是为预见实现而自鸣得意，相反，当时的忧虑在今天可能更为迫近。双雪涛当下的写作，处于一种历史性的分裂之中，就像《火星》中的主人公一样：不断地自我暗示，"必须承认自己，自己，自，己，是仅有的东西"[①]；同时和这种奋斗口号般的暗示永远纠缠在一起的，是不断浮现的远方和青春岁月的回忆。

在一个集体的意义上，"新东北作家群"更大的困境，是怎么处理"阶级"与"地方"这两个范畴的往复辩证，这两个概念长久以来既互相成全又互相遮蔽。一批书写"下岗"的作家被窄化为"地方"作家，在这个意义上，包括笔者提出的"新东北作家群"等等既是一种便捷的命名，也是一种必须有所警醒的"限定"。如何从"寻根文学"以来的文学范式中挣脱出来，解构"地方"这个范畴的束缚，书写超越地方的总体现实以及对应的情感结构？没有这一文学范式的转移，无法实现普遍化的共

---

① 双雪涛：《猎人》，北京日报出版社，2019 年，第 169 页。

情，无法打破地方与地方之间、群体与群体之间、个人与个人之间的坚冰。必须点题，"新东北作家群"最终不是指一群东北籍的作家，而是指一群吸取现代主义文学资源的"新现实主义作家群"。在这个意义上，"新东北作家群"的崛起，将不仅仅是"东北文学"的变化，而是从东北开始的文学的变化。

第二章

美学原则：
双雪涛《平原上的摩西》

一　平原

如果为"80后文学"寻找一个标志性的成熟时刻，笔者以为是双雪涛《平原上的摩西》(《收获》2015年第2期）的出现。长久以来，"80后文学"和其对应的"80后"一代相似，一直被囚禁在"自我"及其形塑的美学之中。如果说这种"自我"的美学在世纪之交曾经有一定的解放性，那么随着时势的推移，这种解放性已经消耗殆尽，并且毫无痛苦地转向市场写作与职业写作，IP热与创意写作热是其两点表征。而与之相伴随的是，"80后"一代面临严峻的社会结构性危机，但文学的能量始终无法得以激活。

走出"自我"的美学，就文学而言，首要的是依赖文学形式的再发明，观念的变化最深刻的体现在形式的变化。《平原上的摩西》先后从庄德增、蒋不凡、李斐、傅东心、李斐、庄德增、庄树、孙天博、傅东心、李斐、庄树、赵小东、李斐、庄树的第一人称视点展开叙述，一共十四节。合并重复的人物，先后有七个人物出场叙述。蒋不凡、孙天博、赵小东分别是被害的警察、案犯"帮凶"与办案的警察，他们的叙述主要是功能性的推动情节发展，姑且不论。小说主要的叙述围绕庄德增（讲述两次）、傅东心（讲述两次）、庄树（讲述三次）、李斐（讲述四次）展开。

如果我们按照线性时间整合这七个人物的第一人称视点复合叙述，这个时间跨度长达四十年的小说大致可以做如下概括：1968年"文革"武斗时，沈阳市某大学哲学系的傅教授也即傅东心的父亲遭到殴打，被路过的少年李守廉所救，傅教授的同事被红卫兵庄德增殴打致死。1980年卷烟厂供销科科长庄德增通过相亲与27岁的傅东心结婚，婚后有了儿子庄树。李守廉成为拖拉机厂的钳工，妻子难产去世，留下女儿李斐。1988年六岁的李斐认识了五岁的庄树，傅东心开始在家中给李斐讲课。1995年7月，庄德增从卷烟厂离职，带着傅东心以李斐为原型画的烟标入股云南某卷烟厂，有了第一桶金后回到沈阳收购曾经的工厂。1995年冬天来临，下岗工人激增，治安不稳，有人专寻出租车司机抢劫行凶，已死多人。1995年12月24日，警察蒋不凡化装成出租车司机巡查，将无意中上车的李守廉、李斐父女误会为凶手，这个平安夜李斐本想坐车去郊外放一场焰火给庄树看。蒋不凡开枪将李守廉击伤，坐在车里的李斐被追尾的卡车撞成瘫痪，愤怒的李守廉将蒋不凡重伤成植物人，从此带着李斐躲在艳粉街开诊所的朋友家中，朋友的儿子叫孙天博。1998年蒋不凡去世。千禧年前后，已经将卷烟厂私有化的庄德增，打车到红旗广场看老工人游行，红旗广场上的毛主席像即将被替换为太阳鸟雕像，而开车的司机正是李守廉。同一时期的庄树打架斗殴，屡次进看守所，在看守所中见识了一位硬气而富于尊严的年轻辅警，后这位辅警遭到报复遇害，庄树受其感染，选择读警校。2007年9月，庄树成为刑警。当月两名城管被袭击致死，这两名城管在一次执法中造成12

岁的女孩被毁容，有关部门对此定性为女孩自行滑倒。警方在一名城管尸体上发现了蒋不凡当年失踪的手枪子弹，庄树受命调查，发现李守廉有重大嫌疑。庄树登报寻找李斐，两个人怀中揣着手枪，在公园的湖面上各划一条游船相见。

如上可见，《平原上的摩西》的故事时间很清晰，在小说中经常精准到某年某月某日，为什么双雪涛不以线性的时间来讲述这个故事，而是选择了多重第一人称视点？如果仅仅限于文学内部来讲，这种写法其来有自，比如著名的福克纳《我弥留之际》（1930），叙述形式与《平原上的摩西》庶几相似。就当代文学而论，在1990年代中后期的青春写作中，也出现过类似的叙述形式，比如许佳《我爱阳光》（1997）。或许双雪涛对于福克纳等作家有所借鉴，但一种叙述形式之所以重要，并不是与哪位经典作家相似，而是"不得不"如此叙述，否则不足以穷尽叙述的能量。对于《平原上的摩西》而言，非如此叙述不可的原因，在于小说故事开始启动的历史时刻，任何一个人物都无法把握时代的总体性。

《平原上的摩西》开篇有深意存焉：小说第一节是庄

德增叙述 1980 年秋天与傅东心的第一次见面，但作者安排庄德增从 1995 年回述，小说第一句话是"1995 年，我的关系正式从市卷烟厂脱离，带着一个会计和一个销售员南下云南"①。小说时间开始于"下岗"来临的 1995 年，在这一年里庄德增开始将工厂私有化，李守廉下岗、搬家，李斐被 9000 元初中择校费所困，直到这一年的平安夜所发生的惨剧。正是作为历史事件的"下岗"，使得庄德增一家与李守廉一家所拥有的共同体生活趋于破碎。

我们所拥有的共同体生活的破碎，导致哲学层面的思维总体性的破碎，思维的总体性深刻依赖于共同体的生活。如果一定要在文学史中定位双雪涛的叙述探索，《平原上的摩西》的叙述技法可以追溯到北岛的《波动》（1974）。《波动》安排杨讯、萧凌、林东平、林媛媛、白华依次讲述，从不同人物的第一人称叙述视角出发结构文本。在 1950—1970 年代的小说中，占据绝对主导地位的是第三人称全知叙述，文本所依附的价值秩序是高

① 双雪涛：《平原上的摩西》，百花文艺出版社，2016 年，第 1 页。

度稳定的，小说的语调徐缓沉稳；而在《波动》中，已经没有任何一种价值秩序能够统摄这些显露出巨大阶级差异的青年的生活。这一总体性的瓦解，落实在具体的文本形式上，形塑了《波动》的叙述形式。同样，在《平原上的摩西》中，1995年之后，每个人都只能通过他的视角，及其视角所联系的社会结构性的位置，来理解眼前的时代，理解他人，并以此讲述自己的故事。故而，理解《平原上的摩西》的形式艺术，不必援引福克纳或其他作家，这是对应于当代中国的历史内容的形式，做到了这一点就是我们这个时代的现实主义。

与此同时，《平原上的摩西》不是对我们过于强大的现实主义文学的复刻，小说叙事没有依附于历史事件，像一些"底层文学"小说那样将叙述组织进历史的"大叙事"。这篇小说特别不凡的地方在于，偶然性与必然性在小说内部无限循环，既不是必然性，也不是偶然性，而是二者的辩证冲突，推动着小说叙事不断向前。小说中不同人物的命运，对应于所属的阶级在"下岗"中的命运，这场悲剧有一种必然性，李守廉一家逃无可逃。但是，具体到小说处理的核心事件，1995年平安夜警方对于李守廉的抓捕，完全是一场误会，李守廉与李斐上了蒋不凡的出租车，不过是一个意外。在一切矛盾交织冲突的地方，是无法把握的命运的偶然，历史的必然性在这一时刻分崩离析。小说藉此挣脱出"老现实主义"的窠臼，从每一个人回到所属的阶级，又从阶级还原到每一个人。

在这种偶然性中漂移的典型，就是小说中反复出现的烟标。这个烟标首先是傅东心为李斐画的一张素描，诚如李斐的回忆，"画里面是我，光着脚，穿着毛衣坐在炕上，不过不是呆坐着，而是向空中抛着三个'嘎拉哈'，三个'嘎拉哈'在半空散开，好像星星"[①]《平原上的摩西》这个题目中的"平原"，就来自于这幅画，傅东心将这幅画命名为"平原"。之后这张画被印在烟盒上，云南烟厂对这个烟标很满意，这给离职的庄德增带来了第一桶金。庄树在 2007 年重新侦破 1995 年平安夜的悬案时，通过蒋不凡裤袋里残留的平原牌香烟，开始逼近案件的真相。最后，是小说结尾处的对峙，李斐出了一道"摩西出埃及"式的难题，告诉庄树只要将面前的湖

① 双雪涛：《平原上的摩西》，百花文艺出版社，2016 年，第 38 页。

水分开，她就跟他走。庄树说他可以做到将湖面化为平原，让李斐走到对岸。他随即取出一盒印着这个烟标的平原烟投到湖面上，微风推着画面中1995年的李斐向岸边走去。小说也结束于这一时刻。

作为烟标的"平原"在不同的社会结构性关系中移动，无论被组合进经济系统中还是司法系统中，都带有一定程度的偶然。但无数的偶然性背后，又被历史铁的必然性所限定：无论是否有这张烟标帮助庄德增，卷烟厂都将和其他厂子一样被私有化；假设蒋不凡的裤袋里没有留下那个烟头，已经找到孙天博离家出走的母亲的庄树，依然可以获得决定性的线索。劫数难逃，但在这种历史漩涡的漂流中，"平原"渐渐呈露出本质性的意义："平原"在初始的瞬间铭刻了作为生命本质的爱与美，在历史时间中铭刻了对于被侮辱与被损害的共同体的体认。诚如小说结尾庄树面对烟标的认知："那是我们的平原"[①]。这双重意义在小说结尾处叠落在"平原"上，1995年的李斐和2007年的李

————————

① 双雪涛：《平原上的摩西》，百花文艺出版社，2016年，第54页。

斐长成了同一个人。就像摩西可以在红海中带领族人步行，困扰我们的多重对立在文学的逻辑中瓦解，李斐既是这一个"个人"，也是共同体的象征。庄树对于李斐的"爱"也是对于共同体的"爱"，在作为对象化存在的李斐——"平原"——中，庄树最终看到了自己。

以往的研究者似乎无法理解"平原"，有的研究者认为这是"小说意图不必要的含混"，有的研究者疑虑"是否可能是庸常生活的象征"（这种"向下"的"日常生活"的理解带有明显的纯文学训练痕迹）[1]。笔者不愿强化共同体经验来论证自己的看法，但不得不说"平原"对于出生在"东北平原"上的我们，不是一个晦涩的象征。这里的"东北"不仅仅是地理空间，更是以地理空间转喻被粉碎的共同体。[2]

---

[1] 王玮旭、孙时雨发言，参见金理等：《永不回头的生铁：关于双雪涛〈平原上的摩西〉的讨论》，微信公众号"批评公坊"，2016年11月2日。

[2] 就此值得对比的是，近年来的一些写作将真问题地方化，地理空间被严丝合缝地落实，将社会结构的问题归结在地方文化之中，由此吊诡地生产出一种排斥性的逻辑。这种思维方式还是在寻根文学漫长的延长线上，受制于寻根文学与共同体（地方文学／国家文学、魔幻现实主义／现实主义）的紧张。

基于此，老练的读者会在《平原上的摩西》冷静的叙事下感受到浓烈的抒情性，但双雪涛对于"平原"的哀悼庄重沉静，并不沉溺于伤感，作者不屑于以伤感完成小资式的自我救赎。《平原上的摩西》有一种高贵的气质，作者因其成熟的作品——往往不是作家使得作品成熟，而是作品使得作家成熟——而获得一种面对生活的镇定。这就像小说中傅东心画的另一幅画：庄树警校毕业的时刻，母亲傅东心送来一幅画，画的是童年的庄树与李斐的游戏，正是那一天傅东心为李斐讲解《出埃及记》："上面一个小男孩站在两块石头中间守门，一个小女孩正抢起脚，把球踢过来。画很简单，铅笔的，画在一张普通的A4纸上，没有落款，也没有日期。"[1]在悬疑的黑色故事下，《平原上的摩西》就像圣经中的故事，是素朴的诗。

----

　　① 双雪涛：《平原上的摩西》，第28页。

二　摩西

　　双雪涛自述他的文学偶像是王小波。在《我的师承》（这显然是向王小波《我的师承》遥遥致敬）一文中他谈到，"对于文学的智识，我是王小波的拥趸，他拒绝无聊，面向智慧而行，匹马远征"。[①] 双雪涛不如王小波的地方在于，就小说技法而言，王小波《万寿寺》等小说的复杂精妙要远在《平原上的摩西》之上；然而双雪涛超出王小波的地方在于，如果说王小波的小说高度依赖偶然性也即将否定性的诗学发挥到淋漓尽致的话，双雪涛的

_____

　　① 双雪涛：《我的师承》，《文艺争鸣》，2015 年第 8 期。

小说穿透了偶然性，也穿透了必然性，他有一种确信，对于"摩西"的确信。

也许双雪涛还没有勘破王小波的关键词，比如他念兹在兹的"无聊"与"智慧"背后的奥秘。在王小波的叙述中，"所谓诗意，心灵的饥渴与智慧的探索只是表象，其饥渴的是另一个'我'，其探索的是另一种叙述，以此摆脱沉重的过去，追寻逃离的自由。……王小波对于历史'偶然性'的把握，是将历史视为无法理解的、非逻辑的一种永恒的惩罚，偶然性没有导向对于历史的否定，而是导向无法在偶然性的历史中把握个体命运的悲观。"[1] 王小波的叙述是围绕虚无的无限游戏，对于王小波而言，他的诗学始终是关乎个体的逃逸。

但是摩西的远行，却是带着族人一同出走。这个差距是如此之大，将撑破双雪涛所以为的与王小波的师承关系。作为小说的核心隐喻，摩西是叙述的价值基点，是代上帝也即恒定的价值立言发声的位置，如上帝对摩

---

① 黄平：《革命时期的虚无：王小波论》，《文艺争鸣》，2014年第 9 期。

西的嘱咐，"我必与你同在"①。

理解《平原上的摩西》的核心线索是：摩西指的是谁？或者用更直接的方式提问：哪个人物承担着小说确定性的价值？回到原文，摩西的故事出现在 1995 年 7月 12 日傅东心为李斐讲解《出埃及记》，傅东心是小说中唯一有文化能力阅读《出埃及记》的。那么摩西是傅东心么？在和双雪涛的对谈中，张悦然比较近似这一立场，也即偏重从傅东心出发解释文本。张悦然认为，"其实这个小说，主要角色是女性，美好的东西，都承载在女性的身上"。②张悦然就此用"浪漫主义的""空幻的""美好的"来定义《平原上的摩西》的小说内核，她认为："当读者抵达这个故事的核心时，他们将收获的是爱与善，并且有一种暂时与污浊、烦扰的人世隔绝开的感觉，就像小说末尾那两只漂在湖中央的船所隐喻的一样，他们如同置身于一个静谧的央心孤岛。这种万籁俱静的体验会有一种洁净心灵的作用，这大概正是你想要

---

① 《圣经·出埃及记》，《圣经》和合本，第 55 页。
② 张悦然、双雪涛：《时间走廊里的鞋子》，《收获》微信专稿，2015 年 3 月 2 日。

给予读者的。"① 无疑，如果持有这种唯美化的、浪漫化的立场来理解《平原上的摩西》，那么核心人物只能是傅东心——傅东心是这篇小说中唯一和今天的小资美学接近的。双雪涛表示人生经验里没有遇到过傅东心这样的人，张悦然则回应说，"我倒是立刻会在我的记忆里找到这样的原型"。②

笔者的看法是，《平原上的摩西》如果有人物写得苍白一些，那正是傅东心。傅东心这个人物因其在小说结构中带有鲜明的功能性而显得概念化，她的功能之一就是将"形而上"的维度重新赋予作为工人的李守廉一家。在1950—1970年代"学哲学　用哲学"③之类的文化运动土崩瓦解后，工人无法在形而上的维度开口发言。双雪涛在和张悦然的对谈中已经说得很明白："因为她的身上，有我父亲的影子，我父亲当了一辈子工人，但是极

---

① 张悦然、双雪涛：《时间走廊里的鞋子》，《收获》微信专稿，2015年3月2日。

② 同上。

③ 参见周展安：《哲学的解放与"解放"的哲学——重探20世纪50—70年代的"学哲学　用哲学"运动及其内部逻辑》，《开放时代》，2017年第1期。

爱阅读。"^① 正是今天的工人无法"学哲学 用哲学"，不得不依赖傅东心代言。但傅东心始终无法以阶级视角来理解自身的命运，她只能停留在以"抽象的恶"来把握当代史的延续，她既无法理解庄德增这曾经的红卫兵今天的资本家，也无法理解李守廉这始终如一的工人，在历史辩证法的各个位置上，傅东心都无法成为历史主体。所以她只能在故事之外，和今天的小资美学相似，以空洞的概念来把握剧烈的历史运动。^②

如果傅东心无法承担摩西的角色，下一个可能的人物是谁？金理对此偏重于庄树这个人物："我认为摩西的意象在小说中其实较贴切，摩西在领受神指派的任务之前，有过犹豫和推脱，摩西打动我的地方，不是带领以色列人出埃及过红海时见证种种神迹，而是在开悟、

---

① 张悦然、双雪涛：《时间走廊里的鞋子》，《收获》微信专稿，2015 年 3 月 2 日。

② 傅东心那种高度抽象化的理解，却依托于高度具象化的细节：在"文革"武斗中，红卫兵将铁钉插入了作为知识分子的父亲的脑袋。仅仅就笔者有限的视野而言，这个通俗化的暴力情节不仅出现在张悦然的《茧》中，也出现在余华的《兄弟》中，更早的还出现在 20 世纪 80 年代的通俗小说《出山第一案》中。不同类型的作家对于"文革"的想象如此趋同，由此可见一斑。

领受自身使命过程中的曲折，就好像庄树所面临的选择的重负。"① 金理在此倾向于以内在性来把握人物，关注人物内心世界的曲折挣扎，"选择的背后其实有着惊涛骇浪，但也正是这种选择的严肃性，往往产生一种崇高感"②。在此金理准确地指出了庄树这个人物重要的"心灵史"，而理解庄树的内心冲突与成长，是小说的一个关键点所在。

但笔者看法略有不同的是，庄树尽管在小说中最自觉地表达出寻找"意义"，但他不足以承担摩西的角色。庄树觉悟到承担意义的时刻，在于高中斗殴时被抓进派出所后与值班民警的一次对话。这个似乎游离出小说主线的故事特别重要，在对话中庄树挣脱出困扰他的无聊感，见识了触目惊心的生活与社会边缘的尊严。这个没有编制的民警后来遭到报复，被捅死在自家的楼下，他的死亡震动了庄树，庄树由此想报考警校，"想干点对别人有意义，对自己也有意义的事儿"③。庄树虽然是庄德

① 金理等：《永不回头的生铁：关于双雪涛〈平原上的摩西〉的讨论》，微信公众号"批评公坊"，2016年11月2日。
② 同上。
③ 双雪涛：《平原上的摩西》，第27页。

增的儿子，但是庄德增只能给予他物质生活，无法构建认同，"我爸常说我叛逆，也常说我和他们俩一点都不像"①。庄树对于"父亲"的认同，落在这个年轻的辅警身上，这个警察就像是一个穿着警服的李守廉。被损害者那不可被剥夺的尊严，这个情结不断在双雪涛的小说中浮现，这一次召唤的是庄树。

最后，承担摩西角色的是李斐么？摩西的故事始终伴随着李斐，在瘫痪后隐藏在诊所的岁月里，她托孙天博去图书馆借的书，第一本就是《摩西五经》（作者特谓不用《圣经》而用更为集中的《摩西五经》来凸显"摩西"的重要性）。小说结尾处李斐面对庄树时，她回忆起傅东心教给她的摩西出埃及的故事。在小说中摩西这个故事就出现过这三次，每一次都和李斐有关。但是，就像作为老师的傅东心无法承担摩西的角色一样，李斐也无法承担。傅东心讲给李斐的只是纸上的经文，李斐真正的老师，在东北平原上真正践行摩西出埃及的故事的，是她的父亲李守廉。

① 双雪涛：《平原上的摩西》，第26页。

在所有人物的中心，我们都和李守廉相遇。笔者认为，只有李守廉真正承担了摩西的角色，他锚定着这篇小说的价值基点。李守廉始终在沉默地承担着不间断的崩溃，工厂的崩溃，共同体的崩溃，时间的崩溃，作为隐喻他一直在费力地修理着家里的老挂钟。小说中他始终在保卫那些沦落到社会底层的下岗工人，从接到下岗通知的当天起，就一而再地反抗欺辱。这种反抗就像青年摩西，《圣经》如此记载："后来摩西长大，他出走到他弟兄那里，看他们的重担，见一个埃及人打希伯来人的一个弟兄。他左右观看，见没有人，就把埃及人打死了，藏在沙土里。"[1]

尤为重要的是，在小说中李守廉不仅仅是反抗具体的不义，而且自觉地反抗不公正的叙述。小说中一个意味深长的细节，就是红旗广场上的毛主席像要被换成太阳鸟雕塑，老工人们群起保卫。已经将烟草厂私有化的庄德增，鬼使神差地坐上了李守廉的出租车，两个人随着抗议的人群缓缓前行。庄德增基于念旧，将毛主席像

---

① 《圣经·出埃及记》，《圣经》和合本，第54页。

　　　　　　　　　　　　　出东北记

理解为"好像我故乡的一棵大树";李守廉的感觉更为复杂,他认为静坐的老人"懦弱",在庄德增下车的时候,他告诉庄德增毛主席像的底座,一共雕刻了三十六位保卫毛主席的战士。

这个太阳鸟雕塑源自沈阳新乐遗址出土的"木雕鸟",暗合着满洲起源的图腾。女真人认为仙女佛库伦吃下了神鸟衔来的朱果,生下了始祖库布里雍顺[1]。广场上的雕塑由毛主席像换成太阳鸟,意味着不再以"阶级"而是以"民族"理解历史,而李守廉对此耿耿于怀。在小说的结尾,李守廉安排李斐去见庄树时,首先告诉李斐"广场那个太阳鸟拆了"。

然而,我们也不能简单地将李守廉左翼化,李守廉和毛主席像的关系,并不能类比于摩西与上帝的关系。小说中有两种对于"文革"的想象:老工人对于毛主席像的保卫,傅东心回忆中的红卫兵的暴行。这两种矛盾的想象没有对话,只是并列在小说中。《平原上的摩西》还无法整合这种分裂,这也完全可以理解。整合当代中国

---

[1] 祝勇:《辽宁大历史》,东方出版社,2013年,第36页。又见于傅斯年:《东北史纲》,上海三联书店,2017年,第30页。

"前三十年"与"后三十年"这种分裂的小说，将是划时代的巨著，那样的作品尚未出现，在今天的我们所能想象到的范围之外。

李守廉感觉到了共同体的存在，但他的反抗终究是个体化的，像一个好莱坞式的城市义警。他更多的是基于内心的道义，而看不到历史性的习得，比如说工人阶级文化的影响。某种程度上李守廉的反抗未完成，我们的摩西停留在原地，承担，没有移动。在小说的主要人物中，只有李守廉从来没有以第一人称叙述者的方式开口说话①。也许沉默比讲述意味着承担更多，但恐怕也是作者还没有找到有效的方式让李守廉发声。有社会学家认为在由计划经济向市场经济转型的过程中，工人们不可能反抗全球化和市场自由主义的抽象理想，而只能辨识直接面对的对立者。②这在小说中就落实在李守廉一

---

① 有研究者注意到这一点，比如金理指出："《平原上的摩西》这篇中，有一个小说人物是我特别喜欢的，而他恰恰没有作为第一人称叙事者出现，就是李斐的父亲。"金理等：《永不回头的生铁：关于双雪涛〈平原上的摩西〉的讨论》，微信公众号"批评公坊"，2016 年 11 月 2 日。

② 李静君观点，转引自吴清军：《市场转型时期国企工人的群体认同与阶级意识》，《社会学研究》，2008 年第 6 期。

而再地反抗城管。李守廉作为"摩西",停留在青年摩西之后,遇到"上帝"之前。

有必要厘清的是,笔者绝不是批评这一点,绝不是借助传统左翼文学的老调,强调"理论"与"群众"相结合。罗岗在一篇借助保罗·弗莱雷《被压迫者教育学》讨论"底层发声"的文章中谈到过,"我们很容易在抽象的理论意义上质疑人性的普适和理想的虚妄,然而却不能不在弗莱雷的教育理论和教学实践的深刻结合中看到,某种超越性的'乌托邦'想象(在'被压迫者教育学'中,往往体现为'人性的希望'和'爱的吁求')可以激发出巨大的道德和行动勇气。"① 以往的左翼文论强调"革命理论",过于看重"上帝"的角色,而今天的我们应更为公允地看待"解放"与"人性"的关系。在《平原上的摩西》中,尽管李守廉无力拯救他的共同体,但他人性中的正直与尊严,使得小说有一种内在的明亮。他反抗着不义,对其所忠诚的共同体而言,他活在每一个人的生命里。

---

① 罗岗:《"主奴结构"与"底层"发声——从保罗·弗莱雷到鲁迅》,《当代作家评论》,2004 年第 5 期。

在当代小说中，李守廉重新擦亮了"父亲"这个角色，在李守廉面前，庄树与李斐更像是一对兄妹。笔者第一次阅读这篇小说时，最为感动的就是小说隐含的"父"与"子"的和解。不必追溯到遥远的"五四"时代对于"父亲"的批判，就以更为切近的 20 世纪八九十年代之交而言，"弑父"的主题在当代文化中无处不在。以李守廉念兹在兹的毛主席像为例，1990 年代初标志着"第六代"崛起的一批电影中，几乎都带着一种空洞的伤感向这位"父亲"告别。[①] 在当代文学中这种"弑父"也比比皆是，上一辈的作家中阎连科的《受活》堪为代表，列宁

---

① 电影研究界对此有过分析。在《头发乱了》(管虎导演，内蒙古电影制片厂，1994 年上映)中，导演安排怀孕的萍姐在家看放映机消遣，放映机居然缓缓播放着毛主席追悼大会。镜头一摇，萍姐的孩子出生，母亲抚爱着婴儿，说了这样一句台词，"这孩子长大了，肯定不知道毛主席是谁了吧？"在《北京杂种》(张元导演，独立制作，1993 年拍摄完成，未上映)中，一群人经历了深夜中的酗酒、呕吐、厮打以及清晨的奔跑，电影突然转入一个抒情段落：无声源轻音乐响起，观众跟随一个不属于电影中任何一个人物的视点，穿越雨中的天安门广场，凝视着毛主席纪念堂。类似的例子也出现在路学长《长大成人》等电影中，电影结束段落，导演以画外音的形式交待《钢铁是怎样炼成的》全本在苏联出版，奥斯特洛夫斯基博物馆更名为"战胜自我人道主义中心"。在这段画外音中，导演以蒙太奇的方式，以一个快速驶过长安街的视点，再一次注视着不远处的毛主席纪念堂。

遗体在商业狂欢中被出售，被展览，"革命之父"再一次死去。"80后"作家的作品中，则充满着对于父亲的怀疑与沮丧，父亲联系着软弱不堪的秘密。在那种商业化的青春写作中，比如郭敬明的《小时代》，"父亲"往往是一个空缺，在小说中从不出现，仅仅负责源源不断地提供资本支撑。

面对着种种断裂，在以讲述"自我经验"为重心的时代，双雪涛逆向而行。双雪涛的小说文体有钢铁与冰雪的气息，但在骨子里，他是一位温情的小说家。他的所有小说，都是写给平原上的父亲与姊妹兄弟。《大师》《无赖》《我的朋友安德烈》等等莫不如此。这些小说篇幅更为短小，结构相对简单，也更为抒情。[①] 在这些作品中，《平原上的摩西》是代表性的典范，作家不仅直面着广阔的被侮辱与被损害的人群，并且在人群中最终找到了"父亲"。"父亲"净化了这类小说中软弱的悲悯，以

---

① 有的评论将献给父亲的《大师》与《棋王》对比，这是没有读懂《大师》的旨趣所在。对此双雪涛在《关于创作谈的创作谈》（《西湖》2014 年第 8 期）中有过微妙的讥讽："《大师》和《棋王》有很大的关系，具体关系是，时间上，《棋王》在前面，《大师》在后面。"

不屈不挠的承担，肩住闸门，赋予"子一代"以力量。

且让我们重返铁西区，站在艳粉街，在死寂的工厂的坟墓里，感受着被9000元择校费所驱赶的下岗家庭的痛苦，重温作为小说核心的摩西的故事："只要你心里的念是真的，只要你心里的念是诚的，高山大海都会给你让路，那些驱赶你的人，那些容不下你的人，都会受到惩罚。"[1]当代文学迎来一个让人热泪盈眶的时刻：下岗职工进入暮年的今天，他们的后代理解并拥抱着父亲，开始讲述父亲一代的故事。一切并没有结束，似乎已经被轻易揭去的历史一页，突然间变得沉重。以往笼罩着我们这一代人文学的，是那些灰色的虚无与可笑的自恋。当背叛了父亲的我们成为父亲，我们准备留给子女的，就是这些小鸟歌唱一样的作品么？《平原上的摩西》的出现，让我们得以重温文学伟大的品格。

---

[1] 双雪涛：《平原上的摩西》，第18页。

三 "新的美学原则在崛起"

　　双雪涛的出现并非偶然，在近几年的"东北题材"乃至"下岗题材"文艺作品中，一种新的美学正在悄然出现。《平原上的摩西》中李斐想放而未得的焰火，在《白日焰火》(刁亦男编剧、导演，2014年3月公映，柏林电影节金熊奖)这部电影的结尾处升起。《白日焰火》同样聚焦于东北，同样运用从20世纪90年代末期跨越到新世纪的"案中案"的架构，以"黑色电影"的视觉风格，表现着灰暗低沉、迷离不安的东北，一个内在瓦解的、丧失稳定性的世界。诚如美国电影批评家泼莱思与彼得森对于"黑色电影"的看法，"在这个环境中，没有一个人物具有坚定的、使他能充满自信地行动的道义基础。所有想要寻找安全和稳定的企图，都被反传统的电影摄影术和场面调度所打破。正确和错误成为相对的，服从于同样的、由灯光照明和摄影机运动所造成的畸变和混乱。"①

由于总体性的破碎，生活重新成为令人不安的谜，这是《白日焰火》乃至于《平原上的摩西》运用刑侦案件之类故事外壳的关键所在。诚如刁亦男的夫子自道，"它（电影）更关注生活，因为生活本身是一个巨大的悬念、悬疑，里面有生活的秘密。"② 在美学风格上，刁亦男与双雪涛都在描绘一个黑色调的东北，只是刁亦男的世界更为颓废，充斥着成年人苦闷的欲望。

可能文学在文艺类别中已经是最迟钝的了，大多数作家沉浸在虚幻的美学教条之中，把自身青春岁月的问题意识与美学趣味无限延展，丧失对于当下剧烈变动的生活的回应。在电影界，不唯《白日焰火》,《钢的琴》

---

① J·A·泼莱思、L·S·彼德森：《"黑色电影"的某些视觉主题》,《当代电影》, 1987 年第 3 期。

② 刁亦男、李迅、游飞、陈宇、叶子：《白日焰火》,《当代电影》, 2014 年第 5 期。

（张猛编剧、导演，2011 年 7 月公映，上海国际电影节最佳影片奖）、《八月》（张大磊编剧、导演，2017 年 3 月公映，台湾电影金马奖最佳剧情片）等电影都在回到破败的工业区，重新理解"下岗"对于生活的冲击以及下岗工人的尊严。最近几年屡获海内外大奖的、标志着国产电影艺术上的突破的，也正是这批电影。这几部电影形式、技法各异，比如《白日焰火》的黑色电影风格、《钢的琴》的黑色幽默、《八月》的"子一代"视角等等，但贯穿其中的有一致性的美学追求，这种美学立场也是《平原上的摩西》的美学立场：从本土的历史经验出发，回到现实的生活之中，思考尊严、命运以及我们与生活的关系，以充满创造性的形式，将生活凝聚为艺术。

长久以来，关于东北的主流美学被赵本山集团的小品、二人转、电视剧所限定。研究者刘岩精彩地指出赵本山的表演在"东北"与"农民"、地域身份与阶级身份之间建立了一种同质性的象征交换，契合着宰制"东北想象"的文化霸权中一个深刻的悖谬："'东北'是'老工业基地'，东北人却是'都市外乡人'。但这种组合的悖谬在当今的主流书写逻辑中是完全无法被感知的，因为市场原教旨主义话语中的计划经济习性恰是对经典马克思主义话语中的小农习性的隐喻式的复写：仿佛工人如同农民依附土地一样依附于国家。"[1] 对此刘岩提出了一个笔者认为十分关键的问题，"在其中，工人对分配正义和体制保障的诉求不被承认是现代公民意识，而被指认为是一种前现代的保守和依附惰性"[2]。某种程度上，赵本山这种以"农民形象"置换"工人形象"的叙述策略，是"下岗"这种结构性危机所派生出来的"安全"的美学，在这种置换以及相伴随的自我嘲弄与自我贬损中，"下岗"的深刻根源在文化层面上去政治化了，被本质化地铭刻进地方性与地方文化之中，一些歧视性的文化标签从此如影附形。这种作为文化霸权结构的"喜剧"，压抑着尊严政治的可能。

在笔者写作的同时，东北在1990年代的"下岗"大潮后，于2014年左右再一次陷入危机之中，经济增速位列各省市最低，有些县市财政濒于破产。2015年年初

---

① 刘岩：《历史·记忆·生产——东北老工业基地文化研究》，中国言实出版社，2016年，第20页。

② 同上。

《经济学人》的报道中率先揭开这一切，将其称为"Bad days are back"（糟糕的日子重来），由此开始，近年来关于东北断崖式下跌的报道铺天盖地。遗憾的是，大多数报道的思维框架，还是将东北"地方化"，将东北的衰败归结为一种地方式的"国民性"。昔日重来，对于新一代的艺术家而言，应该破茧而出，创造一种新的文艺。这种文艺从"地方"开始，但要始终对抗地方性，严重一点讲，也可以说对抗20世纪80年代中期"寻根文学"以来将地方"地方化"的趋势——重新从"地方"回到"国家"，从"特征"回到"结构"，从"怪诞的人"回到"普通的人"。这种美学上的破局，可能首先会从双雪涛这样东北籍的作家开始。

回到本文开始的段落，双雪涛这样前途无限的青年作家，同样要警惕对于"80后作家"而言市场写作与职业写作这双重陷阱。或者为了市场上的快钱向电影票房倾斜，或者开始大谈小说的节奏、细节、韵律、心理、动作、场景，发言开始带着获奖词的口吻，像一个美国青年作家讲话，这些精致的投机和令人疲倦的表演，都会毁灭一个有抱负的青年作家。幸好双雪涛对于"写作的根基"有所自觉，"小说家有点像匠人，其实完全不是，天壤之别，跟书法、绘画也有着本质区别。没有所谓技术关，只有好还是不好。"[①]现在流行的"小时代"的文学观，似乎忘记了这个世界上曾经有过托尔斯泰、巴尔扎克、雨果、狄更斯这样的作家，对好作家的理解近似于对受过良好训练——或者说驯服——的作家的理解。而双雪涛写作的根基，是他的愤怒，他的写作有一种和名利场格格不入的东西。但愿双雪涛像摩西一样，永远铭记一个群体被驱赶的痛苦，从"父亲"走向吾土吾民。

双雪涛出生于1983年，在2015年的《收获》上发表《平原上的摩西》时，双雪涛32岁。当年32岁的北岛登上文坛时，孙绍振先生在《诗刊》1981年第3期发表著名的《新的美学原则在崛起》予以呼应。三十多年过去了，作为另一种致敬，请允许我在今天反写孙绍振先生1981年的这段话，献给在1980年代出生的我的同代人：

他们不屑于做舶来的文学的号筒，也不屑于表现自我感情世界之内的丰功伟绩。他们甚至于回避去写那些

①　走走、双雪涛：《"写小说的人，不能放过那个稍瞬即逝的光芒"》，《野草》，2015年第3期。

我们习惯了的技巧和语言、弥漫的虚无和空虚生活的场景。他们和我们 80 年代的先锋文学和 90 年代的纯文学有所不同，不是直接去赞美文学大师，而是表现生活带给心灵的震动。

（原文：他们不屑于做时代精神的号筒，也不屑于表现自我感情世界以外的丰功伟绩。他们甚至于回避去写那些我们习惯了的人物和经历、英勇的斗争和忘我的劳动的场景。他们和我们 50 年代的颂歌传统和 60 年代的战歌传统有所不同，不是直接去赞美生活，而是追求生活溶解在心灵中的秘密。[1]）

----

① 孙绍振：《新的美学原则在崛起》，《诗刊》，1981 年第 3 期。洪子诚在答李云雷的访谈中讲过，"但里面也确实有着我的一个基本看法，即并不将 1950 年代要崛起的'美学原则'，和 1980 年代崛起的'美学原则'，看作对立、正相反对的东西"。（洪子诚：《材料与注释》，北京大学出版社，2016 年，290 页）洪子诚先生的这个提醒笔者觉得十分重要，今天不应该再用一个"美学原则"替换另一个"美学原则"，任何一种"美学原则"都不是永恒的，而是将"美学"理解为社会结构变化的对应物，随着社会的变动，"美学"也要随之变动。

第三章

寓言结构：班宇小说

"命运是废墟的倒影"

——班宇,《人之影》

"命运其实就是生者与罪过之间的关联"

——瓦尔特·本雅明,《评歌德的〈亲合力〉》

"在这个世界上，没有什么事物拥有牢固的位置，没有什么拥有牢固而不可变动的外形。没有人不是浮浮沉沉，没有人不在与其敌人或邻人交易着品性，没有人不是已经享尽天年却仍未成熟，没有人不是已经精疲力竭但仍只是处在其漫长的生存的起点。"

——罗森茨维格,《救赎之星》

一 "历史内容"与"真理内容"

在班宇的小说里，主人公那平静、隐忍的生活中，往往会闪过一个恍惚的瞬间，就像生活这斑驳的油彩下，覆盖着令人不安而莫可名状的东西。比如小说《双河》，卖服装的刘菲对离异的"我"有好感，想送"我"的女儿一件童装：

> 我想了半天，横起手掌，在半空中切割出一个位置，对她说，也许这么高。她撇撇嘴，转身走掉，我坐下来，目光平视，望着那个虚拟的高度，感觉过往的时间忽至眼前，正在凝成一道未知的

深渊。[1]

这一段包含着彼此联系的多重意味：过往的时间与此刻的时间，小说在同时处理两种时间；而时间是不连续的，隔着"深渊"，这一"深渊"不能以简单的观念来框定，它是"未知"的；最后，两段不连续的历史时间叠搭在一起，小说以空间的方式处理时间。

这种处理方式意味着：班宇的小说是一种废墟式的小说，不是面向历史，而是面向历史的"残余"。废墟的世界里充斥着残垣断柱，有经验的观者，面对残垣断柱，或许可以在脑海中复原出那完整的建筑。但那不是完整的建筑了，完整的已经逝去；那也不是孤零零的残垣断柱了，那逝去的依然存在。由此，一个似乎可以得到历史阐释的世界，在小说的运动中凝滞了。这一凝滞的时刻，包含着理解班宇小说的奥秘，或许也包含着打开当代写作另一种界面的奥秘。

笔者尝试以一种现代主义的方式阅读现实主义，具

---

① 班宇：《双河》，《青年作家》，2019 年第 1 期。

体地说，尝试以本雅明的方式阅读班宇。在《评歌德的〈亲合力〉》一文中，本雅明将文学批评工作分为两类："评论"与"批评"。"评论"针对的是作品的"历史内容"（又被译为"题材内容"），而"批评"针对的是作品的"真理内容"。本雅明对于二者的区别，以他独有的诗性语言来比喻：

> 打个比方，我们把不断生产的作品视为一个火葬柴堆，那它的评论者就可比作一个化学家，而它的批评家则可比作炼金术士。前者仅有木材和灰烬作为分析的对象，后者则关注火焰本身的奥秘：活着的奥秘。[①]

这个比喻精彩而清晰，对于如何理解班宇及其代表的"新东北作家群"也切中肯綮。无疑，班宇等作家的成名，依托于以"下岗"为代表的东北题材。不过，这一主

[①] 瓦尔特·本雅明：《启迪：本雅明文选》，汉娜·阿伦特编，张旭东、王斑译，生活·读书·新知三联书店，2008年，第25页。

题也势必构成对于写作一定程度的遮蔽。对于班宇等作家而言，他们的一个潜在焦虑，就是如何摆脱"东北作家"这个标签。面对这一焦虑，作家们容易滑进一种误区，即以题材对抗题材，回避写"东北"，转而追求题材的多样性——借用本雅明的比喻，作家试图追求自己的作品不仅有木材，还有金属或陶土。然而，作家之为作家，不仅在于烧制木材、金属还是陶土，更在于烧制时的火焰，无论这火焰来自何处。在这一时刻出场的，应该是针对作品"真理内容"的文学批评（区别于针对题材性的"历史内容"的文学评论），本雅明将这种批评称为"哲学式批评"：

> 哲学式批评的内容就是要证明，艺术形式有如下功能：让作为每一件重要作品之根基的历史实在内容（historische Sachgehalte）成为哲学真理内容（philosophische Wahrheitsgehalte）。[1]

---

[1] 瓦尔特·本雅明：《德意志悲苦剧的起源》，李双志、苏伟译，北京师范大学出版社，2013年，第3页。

"历史内容"与"真理内容"的区别在于,是"木材",还是"火焰"?"木材"容易理解,但怎么理解"火焰"?值得重温《本雅明自传》(本雅明自拟于1928年)中对于文学批评的理解:"这种分析将在艺术品中辨识出对一个时代的宗教、形而上学、政治、经济趋势的一种有机的、不受任何领域限制所拘囿的表达。这是我在上述《德意志悲苦剧的起源》中以较大尺度所作的尝试。"[①]。在理查德·沃林看来,期许成为"最伟大的德国文学批评家"的本雅明,将文学批评理解为"艺术、宗教与哲学的形而上学交汇点"[②]。如何理解这样一种文学批评,将导引我们回到本雅明自己所给出的具体范本,也即本雅明生前唯一出版的专著《德意志悲苦剧的起源》的分析方法之中。

在进入《德意志悲苦剧的起源》的分析方法之前,让我们首先回应对于当代文学界而言一个前提性的问题,本雅明的分析是否带有总体性?对于现实主义的几乎所

---

① 瓦尔特·本雅明:《德意志悲苦剧的起源》,李双志、苏伟译,第327页。

② 理查德·沃林:《瓦尔特·本雅明:救赎美学》,吴勇立、张亮译,江苏人民出版社,2017年,第32页。

有批评，都可以概括为"总体"压抑"个体"。本雅明式的"总体"和"个体"的关系非常玄奥，对于深陷在二元对立中的当代文学批评界，可能显得有些陌生。本雅明为《德意志悲苦剧的起源》写了一篇长达几十页的序言《认识论批判》，在该文中本雅明一方面指出，"个体在理念之中，成为与原来的它不同之物——总体性。这是个体得到的柏拉图式'救赎'"[1]；但与此同时，本雅明强调现象与理念的非同一性，他将这种关系比喻为"群星"与"星丛"的关系："理念与物[2]的关系就如同星丛与群星的关系"[3]。杰姆逊就此指出："如星丛不是'真实地存在'于天空中一样，'理念也不出现在现象世界中'"[4]，由此理念并不构成现象世界的法则。在本雅明看来，"是碎片为

---

① 瓦尔特·本雅明：《德意志悲苦剧的起源》，第 57 页。原文译为"整体性"，本文统一修订为"总体性"。

② "物"在《德意志悲苦剧的起源》中有几种用法，包括实物（die Dinge / das Ding）、实物性（Dinghaften、Dinghaft-igkeit）、实物世界（der Dingwelt）以及实物王国（Reiche der Dinge）。参见阴志科：《"物"在本雅明悲悼剧中的含义与意义》，《西北大学学报（哲学社会科学版）》，2019 年第 5 期。

③ 瓦尔特·本雅明：《德意志悲苦剧的起源》，第 40 页。

④ 弗雷德里克·杰姆逊：《晚期马克思主义——阿多诺，或辩证法的韧性》，李永红译，南京大学出版社，2008 年，第 58 页。

总体保留着通道，而不是总体投射于碎片"①。

值得反复强调，这种"总体"与"个体"的关系，或者用本雅明所借助的莱布尼茨的概念更为准确地说，"总体"与"单子"的关系，不是对应关系。带着这种哲学思考回到文学上来，本雅明创造性地区分了"象征"与"寓言"②。本雅明所反对的，是象征所指向的总体性的虚假表象。诚如张旭东的分析："从象征的角度看来，个别与

---

① 戴维·弗里斯比：《现代性的碎片：齐美尔、克拉考尔和本雅明作品中的现代性理论》，卢晖临、周怡、李林艳译，商务印书馆，2013年，第256页。

② 本雅明笔下"寓言"（allegorie）这个词有多种译法，张旭东在1980年代末的论文中译为"寓言"，这也是本雅明较早地被译介到中国。《德意志悲苦剧的起源》第一个中文版（2001）的译者陈永国使用"寓言"，但第二个版本（2013）的译者，也即本文使用的中文版本的译者李双志、苏伟将其译为"寄喻"，与之类似的译法有刘北成译为"讽喻"（《本雅明思想肖像》，1997）。在该书第28页，李双志、苏伟专门做了一个说明："'Allegorie'是用一物来指代另一物的修辞法，既不同于象征，也不同于隐喻。常见翻译有讽喻、寓言等。但是在本文中，'Allegorie'是一种特定的表达方式，不可与文体上的寓言（Fable）混同，所以暂且用了寄喻这个词，表明将某物的意义寄托另一物来寓指"。笔者觉得这条注释反而说明应继续使用"寓言"这一译法，"寄喻"不能被理解为一种修辞手法，这种理解容易忽略"Allegorie"超越修辞手段也超越具体文类的哲学内涵（本雅明在该书中确实将寓言理解为是一种"表达"，但这种表达是和"语言"并列的哲学表达，而不是一种修辞）。故而本文依据最早的张旭东的译法。

普遍，特殊与一般，短暂无常与永恒不朽都可以在内在经验中结合起来……部分的意义只有在整体的意义中方能确立，此刻的意义只有在它被扬弃，即成为整体的一个环节的时候才能被人把握。历史的具体片断最终成为意义之完满的佐证，一如人物的性格和作品的情节服从于走向结局的情节的安排"。① 基于对于"象征"的反对，本雅明在《德意志悲苦剧的起源》中批判了以往歌德、叔本华、叶芝等人的看法，比如当代文学界所熟悉的歌德认为在"特殊"中看到"普遍"是诗的本性②。

而"寓言"与"象征"相对，在"寓言"的世界中，"事物不管出于什么原因，都与意义、精神、真实的人类生存切断了"③。在本雅明看来，"其碎片优先于整体，所以与象征形成了对立的两极"④。作为悲苦剧的"真理内容"⑤，本雅明将"寓言"诠释为："它在陷落进形象化本

---

① 张旭东：《寓言批评——本雅明"辩证"批评理论的主题与形式》，《文学评论》，1988 年第 4 期。

② 瓦尔特·本雅明：《德意志悲苦剧的起源》，第 219 页。

③ 詹姆逊：《马克思主义与形式》，李自修译，中国人民大学出版社，2016 年，第 59 页。

④ 瓦尔特·本雅明：《德意志悲苦剧的起源》，第 255 页。

⑤ 理查德·沃林：《瓦尔特·本雅明：救赎美学》，第 67 页。

质与意指之间的深渊中具有一种思辨的宁静"①。在寓言中，形象化本质与其意指之间是断裂的（区别于在象征中那圆满的结合），因其断裂，形象也脱离了本质的规定，成为分崩离析的碎片。但这一分崩离析，要避免滑向我们这个时代所熟悉的对于个体与日常生活的确证，那将再一次陷落在总体性之中。本雅明对于"碎片"的理解更为深刻，碎片不是没有意义的，而是碎片本身没有意义，碎片及其意指处于一种偶然性的关联中："每一个人、每一个物、每一种关系都可能表示任意一个其他的意义"②；因为这种任意性，"所有具有意指作用的道具恰恰因为指向另外之物而获得了一种力量"③。对于这种"任意性"所包含的贬低与提升的并行，本雅明称其为"寓言"的二律背反。在几乎所有研究本雅明的著作中，都会提到本雅明下面这句名言："在思想王国中的寓言就如同实物王国中的废墟一样"④。

面对这个碎片堆积的世界，拾荒者在废墟中收集，

---

① 瓦尔特·本雅明：《德意志悲苦剧的起源》，第 126 页。
② 同上，第 238 页。
③ 同上，第 238 页。
④ 同上，第 242 页。

以蒙太奇的方式重新排列——按照本雅明指出的"二律背反"，排列碎片如同排列群星。就像本雅明在《〈拱廊计划〉之 N》这篇研究笔记中谈到的，要把蒙太奇的原则搬进历史，"即，用小的、精确的结构因素来构造出大的结构。也即是，在分析小的、个别的因素时，发现总体事件的结晶"[①]。本雅明的笔记本上，在这句话后面加了一个括号：历史的废墟。

---

① 瓦尔特·本雅明：《作为生产者的作者》，王炳钧、陈永国、郭军、蒋洪生译，河南大学出版社，2014 年，第 118 页。

二　消逝的寓言

　　当我们往往将"历史的废墟"过于现实主义地理解为东北老工业基地的瓦解时，笔者在进入班宇的小说世界前如此迂回就是有意义的。班宇的小说自然有其历史性的根据，正如本雅明的哲学批评也有其历史背景。刘北成认为本雅明对于悲苦剧的研究，"恰好成为表达他当时对魏玛时期德国衰落乃至西方文明没落的感受与认识的最佳方式。本雅明所描绘的巴罗克时期破败、衰亡、废墟的图像，是他给当下提供的一面镜子"[1]。而20

────────────

　　① 刘北成：《本雅明思想肖像》，中国人民大学出版社，2012年，第80页。

世纪魏玛时期的动荡感，又和悲苦剧所代表的 17 世纪巴洛克戏剧的历史感相通，理查德·沃林结合"三十年战争"（1618—1648）指出过这一点，"本雅明在悲苦剧这种艺术类型及其寓言方法中为自己的批评方法找到了理想对象。这些反宗教改革的戏剧的全盛期恰逢三十年战争的创伤期……所有社会体制——不管是世俗的还是宗教的——都处在极度不稳定之中"[①]。从"三十年战争"（1618—1648），到短暂的魏玛共和国（1918—1933），再到东北的"下岗"年代，这种创伤、动荡、不稳定感是一致的。

本文当然不是反对如班宇所代表的"新东北作家群"写作的历史内容，笔者以往的研究也是建立在这一历史内容之上。但是要警惕"历史内容"限制了我们对于文学的"真理内容"的理解。"新东北作家群"的文学，是关于"东北"的文学，而不是"东北"的文学。本雅明所描绘的"寓言"挑战"典型性"，挑战典型性背后现实主义那天真的同一性。与此同时，在我们当代文学的语境中尤

[①] 理查德·沃林：《瓦尔特·本雅明：救赎美学》，第 66 页、75 页。

其值得强调的是，这种挑战并不意味着将文学还给偶然的、实则犬儒的哲学，将文学降格为语言游戏。这让我们想起伊格尔顿对于本雅明"寓言"理论的解读，"写作发生在能指与所指的滑动铰合点"。[①]

正如在班宇的小说中，两个世界在滑动：一个是日常的、败落的世界，一个是隐藏在这个世界中的已经消逝的世界。似乎可以以现实主义的方式将消逝的世界与败落的世界依次排列在时间线上，并由此获得现实主义的总体性，比如表现下岗工人的创痛云云。但班宇的写作质疑这种现象与本质的"圆满"，班宇的写作交待着具体情节所发生的历史时间，但拒绝"编年史"的阅读还原。阅读班宇，需要我们以本雅明阅读巴洛克悲苦剧的方式来阅读："巴洛克的本质就是其情节的同时性"[②]。

落实到具体的叙述策略上，班宇主要依赖两种叙述策略将"时间"转为"空间"：

1. 追忆。包括班宇在内的这批"新东北作家群"普

---

① 特里·伊格尔顿：《沃尔特·本雅明，或走向革命批评》，郭国良、陆汉臻译，译林出版社，2005 年，第 8 页。

② 瓦尔特·本雅明：《德意志悲苦剧的起源》，第 267 页。

遍使用"子一代"视角，这一视角带有追忆性，便于将父辈的时间召唤到当下。在极端的时候，比如在小说《空中道路》中，两条时间线平行并置。《空中道路》的叙述视角直接运用第一人称限制视角与第三人称全知叙述交叉叙述：发生在1998年夏天的"父子对话"部分，使用"我"这一"子一代"视角，通过父子对话追忆父亲的工友李承杰；发生在多年之前①的"集体旅游"部分，使用第三人称叙述。两个叙述视角的分裂结束于小说的结尾：父亲为了出生不久的"我"放弃械斗，在长夜中踩着零碎的光回家；而李承杰在产房前沉沉睡去，除了儿子的啼哭声，什么都不能将他吵醒。这一时刻的人物是宁静的，他们的动作仿佛是雕像般的动作——这是尚未开始"消逝"的时间，是时间的时间。

2. 小说中的小说。时间线的并置总是要有两种叙述的并置，或者依赖第一种叙述策略中的追忆，或者依赖第二种叙述策略中的小说中的小说。在这一叙述策略中，"我"往往是一个小说家。比如在《枪墓》中，"我"

---

① 据这部分提到的《古今大战秦俑情》电影海报推断约在1990年。

是图书编辑，小说一方面介绍"我"在现实中无聊的攒书生活，另一方面展开"我"讲给女朋友的一个"故事提纲"。又如在《双河》中，"我"在现实生活中是"小说家"，离婚，失业，和女儿关系紧张。在一次爬山聚会中，"我"讲起了自己正在写的一个作品。无论是《枪墓》还是《双河》，"我"的现实生活沉闷灰暗，而"我"讲述的故事充满传奇性，主角或者是下岗工人的后代，或者是下岗工人的徒弟，代被侮辱与被损害者完成复仇。有意味的是，如果我们将第一层的小说，即小说家的现实生活这一层设定为"真实"的，那么第二层小说（来自"真实"的小说家的"虚构"）正在溢出。在这两个层次的小说中，人物往往有一样的姓名，相似的场景。比如在《双河》中，"刘菲"这个女性人物既出现在"我"的生活中，也出现在"我"写的小说中，两个"刘菲"有相似的地方也有不同，如同作者在小说中写到的："二者的形象在某一时刻是重合的，交错之后，又逐渐分离，互为映像，在时间里游荡"[1]。在《枪墓》中，"我"的工作和地

---

① 班宇：《双河》，《青年作家》，2019 年第 1 期。

点与"故事提纲"中的人物一致,"我"在深夜也几次隐隐约约地听到了枪声。这不仅仅是取消了真实与虚幻的界限,而是暴露出真实——第一层的小说,即指涉日常世界的小说——本身的虚幻。消逝的世界去而未归,但又如并未离去。这种感觉,正是废墟的感觉。

班宇的小说语言也是分裂的,尽管这并不能直接对应于日常的世界与消逝的世界的分裂。班宇小说中有两种语言:对话使用的东北话,叙述使用的书面语。李陀称赞过班宇对于东北话的运用:"班宇大胆地断然拒绝了这种书面语言,他把大量的东北日常口语、俚语、谚语、土话,还有方言特有的修辞方式和修辞习惯,都融入了叙事和对话,形成一种既带有浓厚的东北风味,又充满着改革时代特有气息的叙述语言,很朴实,有点土,有点硬,甚至粗犷,可是又自然流畅,几乎不见斧凿。"[1]确实如李陀所指出的,班宇小说对于东北话的运用流畅自如,但这一突出的语言特征似乎有时遮蔽了一个事实:

---

[1] 李陀:《沉重的逍遥游——细读〈逍遥游〉中的"穷二代"形象并及复兴现实主义》,参见微信公众号"80后文学研究与批评"之"新东北作家群"专辑。

班宇小说是东北话与书面语的奇诡结合。比如李陀盛赞的《逍遥游》的结尾，"我"的叙述语言转为明晰、节制、带着诗的节奏的书面语："背后楼群的灯火逐一亮起，有风经过，还是冷，延绵不断的冬季，似乎仍未结束。我缩成一团，不断地向后移，靠在车的最里面，用破旧的棉被将自己盖住，望向对面的铁道，很期待能有一辆火车轰隆隆地驶过，但等了很久，却一直也没有，只有无尽的风声，像是谁在叹息。光隐没在轨道里，四周安静，夜海正慢慢向我走来。"[1] 这种例子在班宇小说中比比皆是，如在《夜莺湖》中，班宇那种流畅华丽的书面语体现得尤为明显："我与苏丽并排而坐，心中充满疑惑，同时感到一阵眩晕，仿佛大地正在下沉，无休无止，我们跃入其中，要在茫茫无际之中，去寻找一个不存在的人，没有任何启示，更不会有答案。人也会逐渐隐没，像蒸发的雨滴，或者燃灭的灰烬，有时是一首歌的时间，有时是一个晚上，都很短暂，并且无迹可寻。"[2] 在班宇的

---

[1]　班宇：《逍遥游》，《收获》，2018 年第 4 期。

[2]　班宇：《夜莺湖》，《收获》，2020 年第 1 期，发表时这段文字有删节。笔者引文据班宇出版的小说集《逍遥游》，春风文艺出版社，2020 年版。

小说中，"书面语"的语言是专属于"我"的，是一种内在的、孤独的、主观性的语言。这是"东北话"——日常经验世界的交流语言——所无法碰触的世界，反之亦然。

这种经验世界与超验世界的分裂[①]，最终在班宇小说上整合为寓言，诚如刘北成对于本雅明语言观的分析："语言的分裂乃是表达寓言意图的一种手段"[②]。最终，两种语言，两个世界的碰触，将语言转为意象，将现实转为寓言。班宇小说往往以寓言意象作为题目，比如水的意象：《双河》《夜莺湖》《渠潮》《游蜉》；又如天空的意象：《空中道路》《羽翅》。班宇小说中作为寓言表达的意象，对应于本雅明专门讨论过的"辩证意象"："这并不是过去阐明了现在或现在阐明了过去，而是，意象是这样一个东西：在意象中，曾经与当下在一闪现中聚合成

---

① 不仅仅是语言的分裂，在班宇小说中，日常的世界里也常常闪现出超验性的存在，比如《逍遥游》中这一段："走回大路，月光洒下来，地面湿润，我们站在道边等出租车，侧方忽然有奇异的浓烟冒出，我们走过去，发现是一棵枯树自燃，树洞里有烛火一般的光，不断闪烁，若隐若现，浓烟茂密，凶猛上升，直冲半空，许久不散。我们眯着眼睛，在那里看了很久，直至那棵树全部烧完，化为一地灰烬，仿佛从未存在。"班宇：《逍遥游》，《收获》，2018年第4期。

② 刘北成：《本雅明思想肖像》，第79页。

了一个星丛表征。换言之，意象即定格的辩证法"。[1] 这类意象呈现出作品的"真理内容"，展现出日常的、败落的世界隐秘的救赎之望。渴望救赎的面容和本雅明的新天使一样，是面向过去的，挣扎在空洞化的时间的洪水之中，他无望地伸出手去，试图向正在消逝的过去哑然呼叫，那无法发出的声音徒增其脸上的忧郁。在这样的时刻，班宇的所有写作，最终将消逝本身作为寓言，如同本雅明对于悲苦剧的分析："与其说消逝性得到了意指，得到了寓言式表达，不如说消逝性自身就是自我指涉的寓言"[2]。

---

① 瓦尔特·本雅明：《作为生产者的作者》，第 121 页。
② 瓦尔特·本雅明：《德意志悲苦剧的起源》，第 319 页。

三 忧郁·悲剧·救赎

在对于本雅明《历史哲学论纲》的分析中，研究者指出，"所谓哀悼，即对在丧失的历史以及历史的丧失中那些残余的悼念"。[①]"进步"的狂风劲吹，历史的废墟越堆越高，"在历史的纪念碑也即废墟中栖居着土星类动物"[②]。"土星"是本雅明的著名比喻，星相学认为土星控制着忧郁的性情，"土星类动物"指代着忧郁者。本雅明指出，寓言依赖于忧郁者的主观视野，寓言的视角也即

---

①　伍德尧、大卫·卡赞坚：《哀悼残余》，李书仓译，选自汪民安、郭晓彦编：《生产（第8辑）：忧郁与哀悼》，江苏人民出版社，2013年，第88页。

②　瓦尔特·本雅明：《德意志悲苦剧的起源》，第245页。

忧郁者的视角①。

在朱迪斯·巴特勒看来,忧郁者的"主观性脱离了它的集体结构"②。从我们所在的当代文学的经验出发,我们容易将主观性从集体中的脱离,理解为滑向了自我中心主义。"忧郁"对于当代文学富于启示性的地方恰恰在于,"忧郁"没有转向自我中心主义,而是转向对于"自我"的折磨。忧郁者哀悼"丧失",但忧郁和哀悼不同的是,"哀悼里面的过去是业已解决的、完成了的、死亡的;而在忧郁中,过去则是一直存活到现在的"③。如同弗洛伊德的概括:"在哀悼中,是世界变得贫困和空虚;在忧郁中,变得贫困和空虚的则是自我本身"。④

"自我中心主义"和"忧郁"都产生于同样的历史语

---

① 本雅明指出:"这些寓言并不是现实的,它们只是在忧郁者的主观视角前才拥有它们所指向之物。它们就是这一视角"。瓦尔特·本雅明:《德意志悲苦剧的起源》,第 321 页。

② 朱迪斯·巴特勒:《失去之后,然后怎样?》,郑圣勋、翁健钟译,选自刘人鹏、郑圣勋、宋玉雯编:《忧郁的文化政治》,蜃楼出版社,2010 年,第 375 页。

③ 伍德尧、大卫·卡赞坚:《哀悼残余》,选自汪民安、郭晓彦编:《生产(第 8 辑):忧郁与哀悼》,第 90 页。

④ 西格蒙德·弗洛伊德:《哀悼与忧郁》,马元龙译,选自汪民安、郭晓彦编:《生产(第 8 辑):忧郁与哀悼》,第 5 页。

境，无论是自恋者还是忧郁者，他们都站在历史的废墟上，感受到自我与意义的分离。"自我中心主义"来自于"虚无主义"，在我们当代文学的脉络中，典型的人物是高加林①；而"忧郁"来自于本雅明所定义的"历史唯物主义"，"历史唯物主义"批判从胜利者的总体性出发的历史主义；与之相对，本雅明认为，"对历史的唯物主义表征是意象主义的"②。无论本雅明讨论时间转为空间，还是在讨论"辩证意象"或是"停滞的辩证法"，讨论诸如停顿、爆破、剥离、瞬间……他都在讨论"寓言"。和同质的、线性的历史主义（本雅明将这样的历史观贬低为一串"念珠"）相比，在本雅明看来，历史唯物主义者要永远有"当下"③这个概念，他将自己的时代与过去的时代把握为一个历史的星座④。这是寓言的历史哲学的奥秘，寓言唯有在忧郁者的视野中出现，正是因为忧郁者悼念

---

① 参见笔者：《新时期文学起源阶段的虚无——从"潘晓讨论"到"高加林难题"》，《文艺研究》，2017 年第 9 期。

② 瓦尔特·本雅明：《作为生产者的作者》，第 125 页。

③ 本雅明对此曾有过标注："废墟——即当下"。参见《作为生产者的作者》，第 156 页。

④ 本雅明：《历史哲学论纲》，选自汉娜·阿伦特编：《启迪：本雅明文选》，张旭东、王斑译，第 276 页。

着"残余"，并且不至于哀悼，而是将"丧失"转入自我之中，"因此，忧郁的运作正好和自恋相反"①。在这个意义上，忧郁的诗学构成了对于自我的诗学的历史批判，我们对于"自我中心主义"的扬弃，并不意味着重新回到这种自我中心论诞生之前的总体性论述之中（那是象征的世界），而是提示出新的道路。

由此，我们的分析从"寓言"这种表达形式转移到主体的精神世界中来。詹姆逊将本雅明的寓言理解为："我们自己在时间中的生命的特有方式，是时时刻刻对意义的拙劣译解，是把连续性恢复到异质而断裂的瞬间的痛苦尝试"②。弗洛伊德在对于"忧郁"的分析中发现，"忧郁"的驱动不同于"快乐原则"（pleasure principle），而是"死亡原则"（death principle）③。对应于"快乐原则"的

---

① 朱迪斯·巴特勒：《心灵的诞生：忧郁、矛盾、愤怒》，选自汪民安、郭晓彦编：《生产（第8辑）：忧郁与哀悼》，第73页。

② 詹姆逊：《马克思主义与形式》，第61页。不过和人民大学版这个版本相比，笔者觉得译者郭国良、陆汉臻对于同一句话的翻译更为切题，参见特里·伊格尔顿：《沃尔特·本雅明，或走向革命批评》，第13页。

③ 朱迪斯·巴特勒：《心灵的诞生：忧郁、矛盾、愤怒》，选自汪民安、郭晓彦编：《生产（第8辑）：忧郁与哀悼》，第73页。

作品是喜剧,喜剧不存在忧郁,喜剧是遗忘,如同本雅明提到的,"一个和解的人类将与自己的过去告别——一种和解的方式是通过快乐"[①]。本雅明在随后引用马克思的话,世界历史最后阶段的形式就是喜剧。

在这最后的时刻,班宇的作品完成了一种颠倒:从喜剧向悲剧的颠倒,从"快乐"向"幸福"(Glück)的颠倒,从遗忘向救赎(Erlösung)的颠倒。在直接的表现上,班宇小说颠倒了以赵本山喜剧为代表的东北想象,赵本山喜剧是以"快乐"作为和解与遗忘的典范。在更深的层次上,班宇的写作也指向王朔在1995年所命名的"喜剧时代",也即指向对于1980年代中期以来反讽诗学的颠倒。反讽诗学对应的自我虚无化,即从"自我"中跳出("局外人")后的空洞状态,被忧郁者执念的"丧失"所填充。

从这个角度说,班宇小说提供了一种现代悲剧的文学样态。班宇的小说世界是忧郁者的世界,忧郁者是有历史感的,历史的残余在他的灵魂深处不断堆积;忧郁

---

① 瓦尔特·本雅明:《作为生产者的作者》,第136页。

者又不是在历史之中，他回望逝者，正如逝者对他凝视不语，时间对于生者和逝者是一种关系，而不是一条河流。正因其不在历史之中，所以忧郁者与反讽者相遇，但忧郁者的沉默，忧郁者眼神中废墟的倒影，使得跳出历史的反讽的笑声，这主观性所达到的最高的自由，渐渐凝滞为一种倦怠的重复。

此外，悲剧作为文学史概念出现的同时，也作为文类概念出现。无论是雷蒙·威廉斯还是特里·伊格尔顿都讨论过小说和悲剧的关系，这一对师生先后写下了《现代悲剧》（1966）与《甜蜜的暴力——悲剧的观念》（2003）。有意味的是，雷蒙·威廉斯对于悲剧的现代经验的讨论，一定程度上建立在对于工人社群的观察之上，雷蒙·威廉斯列举了煤井灾难等事件，谈及在劳作人生中所看到的悲剧。雷蒙·威廉斯的问题出发点，是以悲剧的现代经验作为讨论现代悲剧的起点，而这意味着对于"现代悲剧"的批判。在雷蒙·威廉斯看来，20世纪代表性的悲剧，比如皮兰德娄、尤内斯库或贝克特的戏剧，体现出个人与社会分离后我们丧失了对于整体性的生活经验的信仰，社会被转化为环境，个人经验的真实性被转化为内心幻觉。[1] 雷蒙·威廉斯寄托于加缪与萨特存在主义悲剧的"绝望与反抗",以及布莱希特对悲剧的否定,"在苦难中认识苦难和消除苦难"[2]。这部写于"1968"前夕的著作,试图激活悲剧的历史能动性。

特里·伊格尔顿更多地强调作为文类的"悲剧"及其文化政治。他将"悲剧"与"小说"相比较,"我们讨论喜剧小说,但却很少谈到悲剧小说。戏剧似乎已经将悲剧独家认领"[3]。其原因,是伊格尔顿在他各部著作中一贯的看法,小说是平淡的中产阶级文化(这一看法无疑更适合于英语小说),英雄主义与普通生活难以在小说中相汇。不过,伊格尔顿也补充说,和长篇相比,短篇小说或许更适合悲剧,在他看来,悲剧"涉及到紧张、危机四伏、富有某种重要真理的时间"[4] "悲剧从普通人的生活中提

---

① 雷蒙·威廉斯:《现代悲剧》,丁尔苏译,译林出版社,2017年,第135—137页。

② 同上,第210页。

③ 特里·伊格尔顿:《甜蜜的暴力——悲剧的观念》,方杰、方宸译,南京大学出版社,2007年,第191页。

④ 同上,第196页。

取某种纯粹的危急时刻"①。

班宇的小说首先是在雷蒙·威廉斯所讨论的"现代悲剧"的框架中展开，他的小说人物是与社会相分离的个人，或者经由"下岗"，或者是作为下岗工人后代的文化自由民；社会转化为环境，人物和社会之间不再是有机性的关系。班宇小说中的主人公，是一群东北废墟上的游荡者——"一旦人被剥夺了他所属的环境，就不得不成为一个游荡者"②。但班宇的小说，和皮兰德娄等人的戏剧不同，人物并没有退回到内心幻觉之中，而是在普通生活中把握到某种危急时刻，并将这种危机时刻启迪性地转化为自身的命运。

班宇的小说之所以有比较明显的戏剧感，是因为他将悲剧内化为小说。班宇小说中的人物不是中产阶级人物，他的人物来自于社会主义大工业的历史实践及其瓦解，来自于我们这个时代的现代性非常吊诡地所指认的"古典时代"。按照这一矜然自得的文学眼光，班宇小说

① 特里·伊格尔顿：《甜蜜的暴力——悲剧的观念》，方杰、方宸译，南京大学出版社，2007年，第194页。
② 瓦尔特·本雅明：《论波德莱尔的几个母题》，选自《启迪：本雅明文选》，第187页。

中的人物来自于"现代"之前，这倒是避免了平庸的现代
生活对于悲剧的败坏。笔者在这里不是粗暴地挪用西方
理论来指认班宇小说，可堪对照的是，赵本山的喜剧倒
是西方文艺理论的忠实表征，将东北人降格为下等人，
将文体严格地限定为喜剧。而班宇的小说是一种提升，
文类的跨越背后是族群的跨越。班宇不是表现生活的悲
剧性，而是将生活提升为悲剧。如同特里·伊格尔顿对
于奥尔巴赫《摹仿论》的分析："逐渐发展的现实主义的
胜利，就是用一种前所未有的严肃性理解普通生活，以
及体现普通生活的那些社会地位低下的人物。'严肃性'
是一个对于奥尔巴赫和悲剧理论都同等重要的关键词；
就《摹仿论》来说，检验日常生活是否被赋予应有地位
的一种最重要的方法，是它是否被认为是悲剧合适的
媒介"。[①]

　　现代主义与现实主义最终在班宇的小说中汇合、上
升，二者在悲剧性中交汇，向"救赎"的时刻上升。班
宇的小说，也包括"新东北作家群"中其他作家的小说，

_____

　　①　特里·伊格尔顿：《甜蜜的暴力——悲剧的观念》，第
202页。

最终讨论的是"救赎"。本雅明在《神学—政治断片》中区分了"快乐"和"幸福","快乐"代表世俗,"幸福"代表救赎。在班宇的小说中,人物在世俗生活中大致都是失败者,这往往表现为情感上的障碍,离婚或长久未婚。忧郁的人不快乐,但忧郁的人有可能是幸福的。如果说在寓言中,"每一事物与自身分离:分离于本质、分离于意义,首先是分离于名字"[1],那么班宇小说中的人物,试图在对抗这种分离。比如《双河》的结尾似乎有些难以理解,是一句诗——"不能失去我"——的不断回旋:在犹如左右并行的"双河"所喻指的世界中,现象与意义不断分离,班宇的主人公试图将这种分离首先整合于"我"。而这种"我"与"名字"的分离,在班宇的新作《石牢》或《于洪》中体现得更为彻底,借助犯罪小说的外壳,人物在不同的"名字"中被指认,这种"分离"被作者喻指为"石牢"。

我们需要以本雅明的救赎批评来把握小说中的救

---

① 参见萨缪艾尔·韦伯对于本雅明寓言理论的分析,转引自朱羽:《革命、寓言与历史意识——论作为现代文学"起源"的〈狂人日记〉》,《杭州师范大学学报》,2011年第5期。

赎，如同理查德·沃林的分析，"后来被叫作停滞的辩证法的救赎批评方法，逆历史进步潮流而动，搜寻那些'弥赛亚式的事件停止'时刻"[1]。在班宇的小说中，这一停滞的时刻往往是葬礼。比如《锦州豹子》中的这场葬礼：

> 他使出毕生的力气，在突然出现的静谧里，用力向下一掷，震耳欲聋的巨响过后，咸菜罐子被砸得粉碎，砂石瓦砾飞至半空，半条街的灰尘仿佛都扬了起来，马路上出现一个新鲜的大坑，此时天光正好放亮，在朝阳的映衬之下，万物镀上一层金黄，光在每个人的脸上栖息、繁衍，人们如同刚刚经受过洗礼，表情庄重而深沉。[2]

类似的时刻出现在小说《冬泳》的结尾，还是一个类似葬礼的场景，"我"的女友隋菲在卫工明渠旁烧纸，这

---

[1] 理查德·沃林：《瓦尔特·本雅明：救赎美学》，第 62 页。

[2] 班宇：《锦州豹子》，选自《冬泳》，上海三联书店，2018 年，第 32 页。

一天是她父亲的忌日，而"我"在一天前袭击了隋菲的前夫，这个前夫长期虐待隋菲，并被怀疑将隋菲的父亲推进了卫工明渠。"水"在班宇的小说中往往喻指着历史的暴力，比如《梯形夕阳》里传说中的洪水，在1997年这个下岗的年份来临；又如《枪墓》中下岗的吴红以基督教义安慰同样下岗的丈夫孙少军，"孙少军想了想，说，耶稣没认出我来，河边的不是我，我在水底"[①]。《冬泳》的结尾，"我"走进了水中："我"在水中想起多年前落水时的朋友，想起长久以来一直回荡在"我"的耳边的呼救声；"我"在水中也见到了女友被杀害的父亲，两个人"并肩凝视"。这个情节当然可以在世俗层面理解，比如理解成"我"想以自杀了结这一切；同时更可以在弥赛亚层面理解，"我"最终从水中"复活"。小说如此写到：

> 我赤裸着身体，浮出水面，望向来路，并没
> 有看见隋菲和她的女儿，云层稀薄，天空贫乏而黯
> 淡，我一路走回去，没有看见树、灰烬、火光与星

---

① 班宇：《枪墓》，选自《冬泳》，第289页。

系，岸上除我之外，再无他人。①

　　《冬泳》中的"我"是忧郁的，这忧郁在于有形与无形的历史创伤的牵扯。而"我"的复活，来自于"我"对于创伤的回望。我们终究不能像本雅明一样在喀巴拉——犹太教神秘主义传统——中理解"救赎"，本雅明的总体性，那种整全性的存在属于上帝。也许这最终暴露出笔者依然在历史中思考，笔者试图以本雅明式的历史唯物主义，构建"当下"对于"过去"的回望。东北的"救赎"，最终在"回望"这种非连续的连续性中获得可能。

　　"救赎"是一种"赎回"，特里·伊格尔顿如此理解本雅明，"当下的某个时刻可以回到过去的某个时候并且将它赎回，让它以一种从未预想到的方式再活一次，将它刻写在必定已将它遗忘了的历史之中，结果每一个历史时刻都能够看到其他时刻所折射的自己的形象，本雅明把这种情况称为'星丛'，也称为辩证意象"②。"赎回"

————————

　　① 班宇：《枪墓》，选自《冬泳》，第108页。
　　② 特里·伊格尔顿：《我们必须永远历史化吗？》，许娇娜译，《外国文学研究》，2008年第6期。

依赖于"回望"，而"回望"并不是以"当下"为中心望向"过去"，如同本雅明对于"灵氛"（Aura）的描述："那个我们注视的人，那个认为自己受到注视的人，也反过来注视我们"①。詹姆逊指出过，"对于本雅明，灵氛在它依然滞留的现代世界上，是人类学者称为原始社会中的那种'神圣的'事物的对等词；它之于事物世界，正如'神秘'之于人类活动的世界，正如'超凡'之于人类世界。在一个世俗化的世界上，它也许在它消逝的那一刻更容易找到"。②

在笔者看来，班宇目前写的最好的一篇小说《夜莺湖》，在当代文学中较为罕见地把握住了这种回望关系，将消逝的世界赎回。这篇小说沿用着班宇熟稔的结构，日常的世界表现"我"和前女友吴小艺、现女友苏丽的感情史；消逝的世界围绕着1994年某工厂解散时厂里文艺队的最后一场演出及事故（坠下舞台的《苏丽珂》歌手也叫苏丽）。小说结尾处，两个世界在回忆中交叠在一起，

---

① 转引自詹姆逊：《马克思主义与形式》，第64页。这一段出自本雅明《论波德莱尔的几个主题》。

② 詹姆逊：《马克思主义与形式》，第64页。

"我"向现在的女友苏丽讲起，当年歌手苏丽出事时，十几岁的自己就在现场，逃票从文化宫的二楼钻进去了：

> 我朝着舞台上看，乐队在底下演奏，一个女的站在新搭起来的楼阁上唱歌，与我高度接近，左手持麦克风，右手撑着木栏，穿一身金色长裙，袖口开阔摆动，如夜莺扑扇着翅膀。她的声音很小，即便我在二楼，也不能完全听清。一曲终了，没有任何掌声，她俯视左右，面无表情，又抬起头，有那么一个瞬间，我觉得她正望向我，我有点犹豫，不知是否应该藏在椅后。还没等我做出决定，她像是被什么提着，飞出栏杆，踏入半空，我伸出手去，想要隔空抓住，但距离太远，无济于事。她轻飘飘落在地上，悄无声息。如一张糖纸，缓缓展开。①

上升为"救赎"的文学，最终把握的不是世界的历史内容，而是世界的"灵氛"。正如本雅明对于"灵氛"的

---

① 班宇：《夜莺湖》，《收获》，2020 年第 1 期。

界定:"遥远时空如此切近和独特的闪现"①。在这个"灵氛"闪现的瞬间,"我"摆脱了"忧郁":"我抬头看了看天空,似有歌声出现在它的背后,一首失而复得的老歌。在这样一个很不恰当的时刻,我忽然很想跟苏丽结婚,极其渴望"②。如同研究者所言,"假如对于本雅明而言,幸福的理念重新指向了救赎,那么这是在严格的尺度上而言的,这个术语(Erlösung)实际上应当被理解为对当下疑难的解脱"③。解脱不是逃避,解脱意味着凝视。《夜莺湖》原定的名字是《水鬼》或《苏丽珂》(格鲁吉亚语"灵魂")④,我们除了凝视水底的逝者以获得解脱,别无他途。毕竟,和照相不一样,在文学中,我们不是凝视逝者的眼睛,我们凝视着逝者的凝视。

---

① 本雅明这句话有多种译法,笔者依据梁展的翻译。参见摩西:《历史的天使——罗森茨维格、本雅明、肖勒姆》,梁展译,华东师范大学出版社,2017年,第92页。

② 班宇:《夜莺湖》,《收获》,2020年第1期。

③ 摩西:《历史的天使——罗森茨维格、本雅明、肖勒姆》,第176页。

④ 班宇:《〈夜莺湖〉创作谈:用灰烬拥抱我,苏丽珂》,《收获》微信专稿,http://www.chinawriter.com.cn/n1/2020/0121/c404032-31558167.html。

第四章

精神分析：郑执小说

一 郑执的写作前史

在 双 雪 涛（1983—）、 班 宇（1986—）、 郑 执（1987—）这一批"新东北作家群"作家中，郑执常常被认为是最晚开始写作的。这大致是基于《平原上的摩西》（《收获》2015 年第 2 期）、《逍遥游》（《收获》2018 年第 4 期）、《仙症》（2018 年"鲤·匿名作家计划"首奖）这三部代表作的发表顺序，也是基于大家关注到的郑执的作品量，《仙症》获奖之前郑执从未在文学期刊上发表过作品。然而这一印象并不准确，忽略了郑执在写于 2018 年下半年的《仙症》之前十多年的写作前史。如果一定要考证登上文坛的时间，郑执是最早的一位。他之前的写作，以及之后的变化，症候性地显示出"80后"文学从青春文学以来的转变。"80后"一代作家中，郑执非常典型地折射出文学史的运行轨迹。

郑执第一部出版的作品是长篇小说《浮》，由作家出版社在2007年9月出版，该书在出版之前曾以《我们是不是很无聊》为题发表于搜狐的私人频道，在当年获得360万的点击率，引发关注。据郑执在该书自序中介绍，小说开始创作于高三下半年（2005年春），完成于2007年夏天。长期关注"80后"文学的白烨先生为该书作序，将其视为"80后"一代和青春写作"最为耀眼的一颗新星"[①]。郑执当时的写作，确实带着明显的青春文学的风格："《浮》这本书承载着我人生的前半段青春，一段朝气蓬勃、彷徨无奈、稍纵即逝的冲动岁月，一抹鲜艳又掺杂了暗淡的混乱时光"[②]。《浮》和当时韩寒那一脉络的青春文学很相似：以高中校园生活为故事，从一个才华横溢、骄傲叛逆的少年视角出发，以俏皮而充满讥讽的

[①] 白烨:《"拔青"时节的真切写照》,《浮》,作家出版社,2007年,第1页。

[②] 《浮》,第5页。

文字，讲述不羁的青春与应试教育体制的冲突。[①] 郑执就此在自序中直言不讳："我的确是个离经叛道的人，我离的是四书五经，叛的是歪门邪道……《浮》这本书也是一本离经叛道的书，离的是一本正经，叛的是微不足道。"[②]。

　　"离经叛道"的青春文学，在韩寒时代曾经很成功。我们都知道韩寒出自首届"新概念作文大赛"，而"新概念作文大赛"之所以出现的一个重要背景，就是1997年的"语文教育大讨论"。在世纪之交，对教育体制展开冷嘲热讽，其实很难说是"叛逆"，至少就"青春文学"来说是代表性的潮流之一。当时郑执的出版方，似乎有意打造第二个"韩寒"，在郑执第二部小说《别去那个镇》（2010年）的腰封上，直接使用"可超韩寒"这样的宣传，当时的媒体报道也将郑执与韩寒作为比较。[③] 但问

---

　　① 郑执自己将《浮》概括为："《浮》讲述的故事是关于一个聪明又自大、善良又倔强、个性鲜明又才华横溢的少年在一所声名显赫、纪律严明、思想和教育体制顽固的名校中自己跟自己的战争"。《浮·自序》，作家出版社，2007年，第6页。
　　② 同上，第5—6页。
　　③ 唐雪薇：《80后郑执欣赏韩寒》，《北京娱乐信报》，2010年7月9日。

题在于，在《浮》等作品问世的时段，韩寒这一脉络的青春文学在发生明显的变化，韩寒以其2008年前后的杂文写作为代表，有效地征用自媒体（新浪博客）以及自由化、市场化媒体的力量，将写作从青春、校园、教育转向社会批判。在青春文学转型的时刻，郑执的写作未逢其时，他出色的文学才华，并没有产生太大的影响。他在2007年出版《浮》到2017年出版《生吞》之前，尽管陆续出版《别去那个镇》（2010）、《我只在乎你》（2013）、《从此学会隐藏悲伤》（2015，杂文集）、《我在时间尽头等你》（2016），但影响未及预期，销量也不如人意。

在上述作品中，值得注意的是《我只在乎你》，这部长篇出现了两个重要的元素："父亲"和"东北"。小说以沈阳为背景，穿插交代了苏敬钢与苏凉父子两代人的命运。丛治辰对此有过分析："郑执的《我只在乎你》将这样一种意图结构呈现得尤为明显，他直接采用了双线叙事，让'父亲'与'儿子'的青春相互交叠，彼此印证：同样桀骜不驯、意气风发，又同样遭到世界的痛击。不同的时代为这些男人提供的压抑或有不同，但是压抑本身却并无二致，正是在同样遭受压抑的境遇中，'儿子'

理解了'父亲'。"① 不过,《我只在乎你》的叙述,依然带有青春文学的痕迹,整体上还是一个青春文学式的东北故事。

《我只在乎你》已然预示着郑执未来写作的转型,这一转型的直接起因,来自郑执家庭的变故。在《我只在乎你》后记中,郑执谈道:"这本书是献给我父亲的,他去世距此书出版时日,刚好三年整。三年中,发生过很多事,令我整个人改变巨大"。② 2009 年初郑执的父亲去世,当时郑执在香港浸会大学社工系读大三,他选择休学一年回到沈阳老家陪伴母亲。他在《还可以游啊》一文中回忆过当时的境况:"因家境大变,一年后再次回到香港,惊觉自己已负担不起当时较为昂贵的学杂费用,写作赚到的那一点钱仅够维持基本开销。为免母亲忧心,我选择自食其力,但非常反励志的现实是,我根本无力自食:想打工,香港政府不允许留学生打工,抓到就遣返;想创业,没商业头脑,试做过小生意,把手

---

① 丛治辰:《父亲:作为一种文学装置——理解双雪涛、班宇、郑执的一种角度》,《扬子江文学评论》,2020 年第 4 期。

② 郑执:《我只在乎你》(后记),作家出版社,2013 年,第 325 页。

头最后那点钱也赔光。"①

　　在父亲去世之前，郑执有着恣意而闪耀的青春岁月。他是沈阳最好的中学东北育才学校的骄子，是辽宁省高中生英语才艺大赛的第一名，还是校园里的十大歌手，也写得一手好书法。父亲的去世以及随之而来的生活的困顿，对于郑执乃至于这一代东北作家来说，是一个象征性的时刻：正是在自身遭遇困境的时刻，才能理解父亲，理解作为失败者的下岗一代。"80后"文学的热点，之所以发生从"青春文学"向"东北书写"的转移，一个历史前提是青年群体中失败感的弥散。青春文学兴起的历史前提，是市场化以来在一种浅薄的成功学氛围中，对于个人主体性的乐观想象。这一高度个体中心的文学想象分成两个分支：一支走向情绪化的自我倾诉，这种自恋化的叙事强化了个体中心主义；一支走向符号化的资本景观，这种资本化的叙事吸纳了以自我为中心的个人，并将其编织进市场秩序之中。但随着市场化激进以来高房价、过劳（"996"现象）、失业（"三十五岁"

_____

　　① 郑执：《还可以游啊》，《从此学会隐藏悲伤》，江苏凤凰文艺出版社，2015年，第11页。

现象）等社会问题的浮现，正是在2016年全国房价高涨之后（之前的高涨更多体现在一线、新一线城市的房价上），双雪涛这一批"新东北作家群"的写作受到越来越多的关注。从1983年的郭敬明到同样出生于1983年的双雪涛，两个同龄作家出道先后差了接近二十年，这背后体现出文坛风尚与社会心理的深刻变化。父亲这一代人的去世，并不意味着子一代开始理解父亲——只有当子一代体会到失败感时，才能理解作为失败者的父亲。

父亲去世后的几年，郑执一度去借了高利贷，直到2013年的跨年夜，郑执还清了拖欠近两年的高利贷，本息港币二十万，这笔钱来自《我只在乎你》的影视版权。这个时候的郑执已经从香港浸会大学中文系毕业（从社工系转到了中文系），并在2012年进入香港皇冠出版社任文学编辑。2014年考入台湾大学戏剧系研究所，赴台北就读戏剧专业的研究生，后因在2015年回北京投身编剧，从台大肄业。可以看出，以父亲去世为时间节点，郑执的生活开始变得破碎，他在经历两种彼此交叉的漂泊：现实层面上在港台地区的漂泊；写作层面上在文化工业之中的漂泊。但是父亲的去世不是一种结束，而是一种召唤，召唤一种新文学的出现。"父亲"将反复出现在郑执后来的写作之中，郑执无论怎样漂泊，始终在不规则地围绕着"东北"、围绕着"父亲"这个原点运动。2016年郑执彻底搬回北京，郑执的归来，意味着他在文坛上的二次登场，他将开始迎来写作上的成熟。他成熟期的作品，从面向东北失败者的《生吞》开始。

二 从"青春文学"中分裂出"东北书写"

既是告别，也是开始，《生吞》成为郑执写作生涯第一个十年里程碑意义上的作品。这部小说约 17 万字，2017 年 4 月开始于每周二、四、六在韩寒主编的"ONE"（电子杂志）连载，并于同年 10 月在浙江文艺出版社出版。郑执找到了一个绝佳的故事，巧妙地容纳了以下三种小说元素：类型文学、青春、东北。很难说《生吞》仅仅是某一类的作品，这部小说的成功，依赖于这三种元素在小说内部的有机融合。

《生吞》首先是一部类型小说。小说围绕"鬼楼奸杀案"这一案情展开：2003 年 2 月 15 日，这一月（正月）

的十五，在沈阳铁西区辽沈中路33号楼这栋烂尾楼前的大坑里，警方发现了一具裸体女尸，死者是一位二十岁不到的漂亮女孩，腹部刻有一个神秘的火炬图案。十年之后，2013年的冬天，同一个案发现场又发现了一具类似的女尸，腹部依然刻着十年前的图案。显然，十年前警方判定的凶手未必是真凶，经办的老刑警冯国金心中涌起波澜。同一时间，冯国金的女儿冯雪娇在宾馆的床上给王頔也就是叙述人"我"讲起新出现的案情，王頔回忆起他和冯雪娇、秦理、黄姝、高磊这五个同学的青春岁月，其中黄姝就是十年前的死者，而秦理的哥哥秦天被当时的警方判定为凶手……

《生吞》由一系列案件串起：1999年的"8·3"大案，秦理的父亲秦大志抢劫棉纺厂运钞车被枪毙；2003年的洗浴中心砍人事件；2003年的"鬼楼奸杀案"，秦理哥哥秦天被指认为真凶；2013年重演的"鬼楼奸杀案"……围绕"鬼楼奸杀案"这一案件，从冯国金这个人物出发，《生吞》可以被读成东北式的社会派推理小说，也是新世纪以来有代表性的悬疑作品，展现出郑执在港台地区成熟的文化工业体系中受到的编剧历练。不过这种写作不唯郑执所独有，会有读者注意到，包括著名的《平原上的摩西》在内的"新东北作家群"的小说，往往征用社会派推理这一类型作为小说的外壳。这里一个大的历史背景是东北因"下岗"所导致的旧有社会秩序的崩解，这一点和松本清张等社会派推理小说的历史兴起有相似之处。

但更有意味的是郑执等人对于类型小说的运用与西方的不同。无疑，由于司法制度等方面的明显差异，推理题材在当代中国语境中面临本土化的压力，往往与公安小说结合并转化为刑侦题材，我们的刑侦题材一定程度上还承担着现实主义小说的功能。但是这种表面上的不同不是最重要的。对于西方推理小说而言，比如在福尔摩斯探案集这样的作品中，福尔摩斯与其说是热爱那些光怪陆离的东西，不如说他爱的是通过理性主义来为其祛魅。福尔摩斯的"天才"，是把理性主义扩大到他所调查的那些表面上深不可测、充满神秘的事件中，发现事物之间的关联，最终使得这些光怪陆离之事归于日常。"福尔摩斯通往日常的途径既产生了神秘，同时又解除了它的神秘。"①

①　木·海默尔：《日常生活与文化理论导论》，王志宏译，商务印书馆，2008 年，第 10 页。

在这个意义上，福尔摩斯小说的兴起，与大英帝国以理性为核心的现代性在全球的扩张同步，并非偶然。

而郑执笔下的社会推理派小说，不是从理性出发，而是包裹着一种郁积的情绪。这并不仅仅是因为郑执的社会派推理小说将沉重而残酷的现实生活带入小说世界，像东野圭吾的小说一样以"悬疑"为表象来呈现情绪的迷茫；更重要的是，郑执的小说是在精神分析意义上展开，其写作处理的核心主题是"压抑"。这和青春文学聚焦的"委屈"有关，但远远不是青春文学这种情绪化的文学能处理的。笔者将《生吞》视为青春文学的一个历史节点，在这部作品中，青春文学清晰地展现出自身如何分裂，并经由这一分裂向东北书写转化。

在具体的叙述形式上，《生吞》沿着两种视角、两条线索展开：其一是冯国金的线索，采用全知视角，通过案情冷冽地展现出东北的酷烈，这条线索的特点是重叙述，聚焦于情节，叙述较为快速；另一条线索是王頔的线索，采用王頔视角也即从"我"的视角，通过回忆伤感地展现出王頔与黄姝、秦理等人从1999年初秋黄姝转学到和平一小到2003年王頔他们即将从育英中学毕业的青春岁月，这条线索的特点是重描写，聚焦于内心，叙述较为缓慢。

王頔这条线索上的叙事，是我们熟悉的青春文学叙事。假设《生吞》的故事就是以王頔回忆的方式展开，也并无不可，但这将极大地降低《生吞》的艺术质量。《生吞》的核心冲突，不是发生在人物内部的情绪的冲突，而是社会的冲突。小说中被"生吞"的黄姝和秦理，漂亮、聪明、心地善良，他们之所以成为受害者，很大程度上源自他们缺乏家庭的保护。秦理的父亲是杀人犯，黄姝的父亲离婚后去了南方，母亲因参加邪教精神失常离家出走，秦理和黄姝被小学同学嘲笑为"杀人犯和精神病结婚喽"[①]。

《生吞》展现出子一代的命运和父一代的际遇密切相关，青年人的命运处在一种结构性的关系之中。就像冯国金在故事最后的慨叹，"当时哪怕有一家大人出面，也不至于到最后那样"[②]。在这个意义上，冯国金的视角，一方面是警方的视角，另一方面也是父辈的视角——黄

---

① 郑执：《生吞》，浙江文艺出版社，2017年，第66页。
② 同上，第202页。

妹和秦理，都是没有父亲的人。小说中和"鬼楼奸杀案"平行表现的另一起案情，也即小说开篇讲的老金女儿被强暴跳楼一案，也是源自这个女孩的家庭无法给予她足够的保护。小说同样借冯国金这个父辈的视角讲到，"她妈老早年就跟人跑了，她爸下岗，修自行车养活她，现在也得进去，这孩子谁管啊？"[①] 与之比较，青春文学的个人，是原子化的个人，社会关系极少进入到人物世界之中。这不是说在青春文学中家庭背景对于人物命运没有影响，以郭敬明《小时代》为例，正是因为顾里的父亲是富豪，她在林萧、南湘、唐宛如这个"时代姐妹花"小团体中才居于中心角色。这个小团体的一个游戏是"女王加冕"，就是当顾里生气的时候，林萧、南湘、唐宛如模拟传递一顶皇冠，恭敬而温顺地为顾里加冕，而顾里安之若素，神态自如。毕竟，其他朋友的生活，是由顾里所代表的力量所组织起来的。当"时代姐妹花"遭遇情感挫折的时候，其治愈的方式，是聚集在顾里的陆家嘴豪宅里，在巨大的衣帽间里挑选一件件名牌服装来安慰

---

① 郑执：《生吞》，第 16 页。

自己。

当世纪之交以来的青春文学制造的幻觉逐渐破灭，青春文学在裂开，在分裂出一种新的叙述，这一叙述就是东北书写。在字面上看"青春文学"是关于时间的，而"东北书写"是关于空间的，所以"青春文学"往往被理解为青年文学，而"东北书写"往往被理解为地域文学，这两种理解都是错误的。"青春文学"和"东北书写"是"80后"一代先后继起的两种写作范式，二者的转换深刻折射出时代的变化，这一变化就是新自由主义所构建的原子化个人的破灭。在这一破灭后，个人被回置到社会结构中予以理解。值得注意青春文学对于时间的处理，青春文学本质上没有时间，由于青春文学的新自由主义理论基础是时间的普遍化，历史时间在青春文学中变得空洞了；作为对照，在东北书写中，从双雪涛《平原上的摩西》开始，事件的时间节点具体到年月日，像编年史一样清晰，社会史被拉进到小说之中——当人物的际遇无法被自身决定，而是一种结构性的产物时，社会史必然会回到小说之中。

更有意味的是"父亲"的回归。社会史向文学的回归，意味着我们不再碎片化地把握生活的片段，而是以历史性的眼光探寻起源。在这个意义上，"父亲"的位置变得非常重要。在《生吞》中，王頔多次讲起他的父亲，他的父亲是重型机械厂的下岗工人，下岗后在街边推着"倒骑驴"卖炸串。王頔对于父亲的回忆饱含深情：

> 厂子倒闭，下岗以后，我知道他最怀念的还是上台领奖的瞬间，那是属于他一生不复再有的辉煌，直到我那张奖状最后一次成全他，我偷偷凝视了他那双手很久，除了被热油溅烫的疤痕，十个指甲缝里是永远洗不净的辣椒面跟孜然。自己结婚以后，我曾无数次在睡前回忆他短暂的一生，他的一生虽然大部分时间败给了贫穷，但他的灵魂没有败给黑暗，起码他身体里的白，到死都没服软过。[1]

我们于此来到了以往对于"新东北作家群"的标准结论了，这种结论既见于笔者以往的研究，也见于各类

---

[1] 郑执:《生吞》，第184页。

媒体上的理解：子一代的东北青年作家重新理解父亲，讲述东北的下岗往事，写出了父辈的尊严。这种社会分析式的结论当然是成立的，如同"革命"之于拉美文学，"下岗"对于东北文学是一个母题。但走到这一结论依然不够，对于东北书写，不仅有社会分析，还要有精神分析。在精神分析的维度上，郑执的《仙症》是近乎完美的典范文本。正是《仙症》的出现，使得我们对于东北书写的分析，不仅可以在意识层面展开，而且可以在无意识层面展开。而当我们进入东北书写的无意识层面，或许能发现更多的秘密。

三 对于"东北"的精神分析

作为郑执的成名作,《仙症》的故事框架,像一个精神分析的案例:治疗精神病人王战团。通过小说,我们能整理出主人公王战团病历一样的人生:

王战团,1947年出生,1966年当兵。

1970年和"我"的大姑认识并结婚。同一时期,王战团初恋女友因父母被政治牵连以及婚姻不幸,跳井自杀。

在1970年代初的政治运动中,在梦里痛骂船长和政委,被批斗。在部队里发病。

办理病退,回沈阳一飞厂当工人。

儿子王海洋、女儿王海鸥先后出生，赵老师开始给王战团看病。

1987 年，"我"出生。

1997 年，"我"因口吃去北京看病。

1998 年夏天，王战团的女儿王海鸥和李广源恋爱。

2001 年夏天，在沈阳街头指挥一只刺猬过马路（小说开场）；同一天，赵老师做法矫正"我"的口吃，"我"认罪（小说结尾）。

2003 年秋天，王战团儿子王海洋车祸去世。葬礼后一个月，王战团脑梗死于精神病院。

在《仙症》中有两个精神疗愈的对象：王战团和我。王战团是臆想，而"我"是口吃。他们两人拥有同一位精神分析师：赵老师。作为东北民间的法师，赵老师给王战团看病，将他的臆想指认为自杀的女友鬼魂纠缠。赵老师的办法是请出仙人牌位，上写着"龙首山二柳洞白家三爷"：

> 赵老师第二次到大姑家，带来两块牌位，一高一矮。矮的那块，刻的是那位女债主的名字，姓陈。

高的那块，名头很长：龙首山二柳洞白家三爷。赵老师指挥大姑重新布置过整面东墙，翘头案贴墙垫高，中间放香炉，后面立牌位，左右对称。赵老师说，每日早中晚敬香，一牌一炷，必须他自己来，别人不能替。牌位立好后，赵老师做了一场法事，套间里外撒尽五斤香灰，房子的西南角钻了一个细长的洞，拇指粗，直接通到楼体外。一切共花费三百块，其中一百是我奶出的。那两块牌位我亲眼见过，香的味道也很好闻，没牌子，寺庙外的香烛堂买不着，只能赵老师定期从铁岭寄，十五一盒。[1]

"白家三爷"何人？狐、黄、白、柳、灰五大仙门，狐狸、黄鼠狼、刺猬、蛇、鼠，供奉"白家三爷"就是供奉刺猬。在精神分析的意义上，"请仙"这一社会活动构成了一种"语言"，有其自身的内在规则与符号系统，核心的"能指"就是"白家三爷/刺猬"。围绕着这一套语言符号，形成王战团一家对于现实的理解。然而王战团拒

---

① 郑执：《仙症》，北京日报出版社，2020年，第16页。

绝进入这一拉康所谓的"话语环路"（circuit of discourse）之中，也即拒绝"受制"（subjected）于这一象征秩序，拒绝成为这一象征秩序中的"主体"（subject）。在这场戏剧般的仪式结尾，作家写下了反讽的一笔：

> 全程王战团都很配合，垫桌子，撒香灰，钻墙眼儿，都是亲自上手。赵老师临走前，王战团紧握住她的手说，你姓赵，你家咋姓白呢？你是捡的？赵老师把手从王战团的手里抽出，对大姑说，要等全好得有耐心，七七四十九天。[①]

有意味的是，在郑执的另一篇小说《他心通》中，结尾同样复现了对于象征秩序的拒绝。[②]《仙症》中的"白

① 郑执：《仙症》，北京日报出版社，2020年，第16页。
② 在《他心通》中，父亲去世后办了一场宗教色彩的葬礼，但"我"最终拒绝了这一象征秩序，并恶作剧式的以"非法集会"的名义向警方报警。在《你能找到回家的路吗》这篇散文中，郑执回忆过父亲的葬礼："送葬在外地，一处佛教信众的私人道场，三天里过程很曲折，万事由我妈二十年的老友、一位虔诚的居士妥当安排，我跟我妈都信任她。除我们三人，其他在场者是素昧平生的三百位居士，齐声诵经，场面壮观祥和。"参见郑执：《从此学会隐藏悲伤》，江苏凤凰文艺出版社，2015年，第6页。

家三爷"这一能指，只是将这种象征秩序的荒诞性暴露到了极致。王战团对待"刺猬"的态度，和其他人物比较更像是一个正常人。他之所以吃了一只刺猬而激怒了赵老师，是因为他按照女婿介绍的民间偏方治腿疾："王战团说，它能治我的腿，下个月你大姐婚礼，我瘸腿给她丢人"[1]。在这一刻王战团是理性清明的父亲，对于子女怀有深情。但王战团不得不是精神病人，他将"父之名"（Nom-du-Père）——"白家三爷"这一能指——排除在象征界之外。而赵老师之所以是"正常"的，是因为她严格遵守"父之名"的秩序，"白家三爷"这一能指牢牢地占据着"父亲"的位置。故而当她得知王战团吃了一只刺猬后勃然大怒："那头吼得更大声，你知道保你家这么多年的是谁嘛！你知道我是谁嘛！老白家都是我爹，你老头儿把我爹吃了！"[2]

王战团展现出自我经由认同而形成及其不可能：他面对的是一面破碎的镜子。在这一刻，作家借王战团这个人物，在精神分析的意义上写出了"东北"的悲剧性。

---

[1] 《仙症》，第 23 页。
[2] 同上，第 25 页。

"东北"的破碎，在社会分析的意义上可以被归结为"下岗"；在精神分析的意义上，是——经由"下岗"的创伤——自我意识与自我之间的障碍。东北文艺就被卡在这一错位中，一开始是赵本山、范伟意义上的喜剧，这条脉络最终发展到《野狼disco》的反讽（粤语与东北话两种语言，舞者与失意者两种身份）；之后到来的是郑执这一批作家，他们直面这一障碍，并在这一历史的裂谷中最终遇见自己。

这可能是《仙症》最为卓越之处：叠印地展现出对于父辈与子一代的精神分析，并最终完成对于"东北"的精神分析。王战团的悲剧，也即"东北"的悲剧，能否可以被"白家三爷"这种荒诞的能指所解释（下岗是因为东北工人懒惰之类说辞不过是这类能指的种种变形之一）？郑执的回答是不能。由此，对于东北书写来说，班宇式的历史寓言转为郑执式的精神分析，王战团这样的人物，呈现出非常高的精神硬度。

但对于子一代而言，父辈的拒绝转为子一代的接受。《仙症》反写了精神分析的公式：不是恐惧父亲，而是恐惧成为父亲。"我"在一开始是"口吃"的，作为对照，读者会回忆起《生吞》中的秦理几乎同样丧失了语言能力。"口吃"意味着"我"的异在，意味着"我"对于先于主体的语言结构的拒绝。故而，毫不意外，王战团和"我"之间，似乎有一种神秘的亲近感，"这一家子，就咱俩最有话说"[①]。小说有一处很耐琢磨的细节，王战团为"我"修电视天线：

> 王战团说，你看见那根天线没有，越往上越窄，你发现没？我说，咋了？王战团说，一辈子就是顺杆儿往上爬，爬到顶那天，你就是尖儿了。我问他，你爬到哪儿了？王战团说，我卡在节骨眼儿了，全是灰。我不耐烦。王战团说，你得一直往上爬。[②]

郑执乃至于这一代"新东北作家群"的写作，并不是仅仅在写东北下岗工人，而且也是在写子一代告别下

---

① 《仙症》，第 18 页。
② 同上。

岗、告别东北。①很难用"东北"或"下岗"来完整地解释为什么在纯文学市场并不景气的今天，郑执乃至于双雪涛、班宇这一批作家的写作，在最近几年引发了如此广泛的热议。在以往的包括笔者在内的研究中，更多地是在社会分析的层面上分析这一代作家对于东北的怀念，以及重新擦亮作为失败者的父辈的尊严。在精神分析的意义上，子一代作品中的怀念与逃离、尊严与恐惧是同时发生的。失败者的尊严，是一种被"死亡驱动"所铭刻的尊严，也即从能指链中的滑脱——在本质上，是"创伤"拒绝被象征化。相反，"生命驱动"意味着与能指的联结，"认罪"意味着与象征秩序的能指链的联结。在小说的结束（实际上也是小说的开始，两个场景是同一天），父辈选择去死，子一代选择去生。面对着赵老师这位精神分析师的木剑，面对着吃了"刺猬"这一"罪孽"（实则是象征秩序的入口），"我"跪地认罪，锁在房间里

---

① 笔者的这一看法，受到特里·伊格尔顿对于劳伦斯《儿子与情人》评论的启发，伊格尔顿指出："在写作《儿子与情人》的时候，劳伦斯并不仅仅只是在写工人阶级，而且也是在写他脱离工人阶级的历程"。参见特里·伊格尔顿：《20世纪西方文学理论》，伍晓明译，北京大学出版社，2007年，第178页。

的王战团在呼喊，两条线在这一刻双声变奏，以交响乐般的悲怆聚合：

　　三爷在上！还不认罪！我始终不松口，此时里屋门内竟然传出王战团的呼声，我听到他隔门在喊，你爬啊！爬！爬过去就是人尖儿！我抬起头，赵老师已经站到我的面前。爬啊！一直往上爬！王战团的呼声更响了，伴随着抓心的挠门声。就在赵老师手中木剑即将击向我面门的瞬间，我的舌尖似乎被自己咬破，口腔里泛起久违的血腥，开口大喊，我有罪！赵老师也喊，什么罪！说！我喊，忤逆父母！赵老师喊，再说！还有！刹那间，我泪如雨下。赵老师喊，还不认罪！你大姑都招了！我喊，我认罪！我吃过刺猬！[1]

　　"认罪"的这一刻，"我"也被结构到能指链之中，我的"口吃"似乎痊愈了，可以跟着赵老师熟练地念出"白

――――――――
[1]《仙症》，第35页。

家三爷救此郎"。通过"我"这条线的故事，我们知道在王战团死后，我成年后去了法国，娶了一位中法混血儿Jade，"Jade 的父亲就是中国人，跟我还是老乡，二十多岁在老家离了婚，带着两岁的 jade 来到法国打工留学，不久后便结识了 eva 再婚。jade 再没见过她的生母。"[①] "我"和 Jade 都是出东北的异乡人，Jade 作为拉康意义上的"我"的"对象 a"，表面上维持着"我"作为主体的稳定感，实则标示着主体的欠缺——处于离散之中的"我"对于"东北"的乡愁，处于象征界中的我对于不可被象征化的实在界的乡愁。某种程度上，"东北"真正扮演着"对象 a"的角色，也即"我"的原初的失落。因此，Jade 察觉到了我的"抑郁症"：归根结底，"我"的欲望是指向自己的，所谓"忧郁"，不是哀悼世界，是哀悼自我的空虚。

故而，"我"看似被治愈，但是残留着对于父一代的执念。《仙症》中有一处细节，每当"我"喝醉之后，"口吃"这个症结就又回来了。郑执乃至这一批"新东北作家

① 《仙症》，第 4 页。

群"的小说中感人至深之处就在这里：父一代始终把罪责或是拒绝进入象征界的"不合时宜"留给自己，而让子一代如一个"正常人"一般进入"日常生活"的象征界，比如《仙症》后王战团让我"往上爬"。与之相对，子一代始终做不到完全遗忘父一代，这两代人从来没有真正地分开。《仙症》小说集中的最后一篇，《森中有林》也采用了类似的结构，《森中有林》中的子一代吕旷和王放在出走东北之后，最终又回到这片承载过父一代生命的土地。①

　　因此可以说，子一代的离散，不是"成功学"意义上的。如《仙症》小说集中另一篇《蒙地卡罗食人记》所示，"我"偶遇了前大姨夫魏军，魏军一直在逃避对于大姨、对于东北的责任，在日本、美国、秘鲁、斐济等地全球漂流，直到为一盒传说中姥姥传给大姨的金子回来。魏军总是将大姨比拟为曾经被他打瞎一只眼睛的黑熊，小说结尾我变身为这只黑熊，为大姨、为父亲、为所有人毕生的委屈，咬死了魏军，走出蒙地卡罗西餐厅，走进

---

　　① 这一段来自笔者和华东师范大学中文系 2019 级本科生刘天宇同学的课下讨论，相关看法来自刘天宇同学。

东北茫茫的大雪之中。

在《仙症》中，"我"之出东北，是在无意识中寻找"话语"的裂口。和 Jade 站在凡尔赛宫里，在一幅画着一片海的画作前，"我"想起来死去的王战团。作为年轻时在桅杆上打旗语的信号兵，王战团对于海洋充满向往，小说中多次出现王战团给"我"介绍《海底两万里》，以及——想象中的——自己作为核潜艇兵在深海的奇遇。写着"指挥着一整片太平洋"这样诗句的王战团，将儿子和女儿取名为海洋、海鸥，甚至在发病时都是在翡翠色的屋脊上展翅欲飞。这里的难题在于，王战团在"语言"面前并没有主体性，相反是"语言"在迫使王战团臣服。王战团自己的语言，接近拉康分析过的癔症话语（linguisterie），也被译为癔言学、歇斯底里型话语。这个词来自于拉康对于法语的 linguistique（语言学）和 hystérie（癔症）的综合，在《仙症》中王战团就被判定为癔症病人，癔语是崩解的语言，是主体崩溃在自己所拒绝、又无法走出的"语言"中的反讽——和主体从"语言"逃逸到"虚无"之中的反讽不同。

文学作为一种特殊的"语言"的使命，就是走出"大他者"的语言。如果说文学是"语言的艺术"的话，这种艺术性从来不是指那种无力的文字雕饰，而是一场战斗，是杀死语言的语言。"大他者"的语言方式是转喻，《仙症》中"白家三爷"的牌位后来被替换为十字架，"能指"就像大姑手上的佛珠一样无限滑动。而有力的文学，是拒绝象征化的象征——这正是"寓言"与"象征"的分殊。"新东北作家群"的写作有最深刻的一致性的话，是将东北转化为"寓言"，在他们的写作中，关于"东北"的"能指"纷纷"滑落"，而非"滑动"。

　　具体到《仙症》中，象征界的"缺口"开启自王战团的一处"口误"："有一天，我奶去别人家打牌，他进门就递给我本书，《海底两万里》。王战团说，你小时候，我好像答应过。我摩挲着封面纸张，薄如蝉翼。王战团说，写书的叫凡尔纳，不是凡尔赛，我嘴瓢了，凡尔赛是法国皇宫。"[1]"口误"是象征界的"裂口"。凡尔赛皇宫里名画上的"海洋"，通向热爱《海底两万里》的王战团，通过王战团意识中的"海洋"指向着真正的自由，这是

---

　　① 《仙症》，第 17 页。

象征秩序无法消化的"剩余"。同样，小说结尾，"我"和Jade来到斯里兰卡的无名海滩度蜜月，而Jade曾经想用这笔钱在沈阳买房。"我"——以及同样从"东北"中离散的Jade——站在斯里兰卡的无名海滩上，站在象征秩序的绝对边缘：

> 许多年后，当我站在凡尔赛皇宫里，和斯里兰卡的一片无名海滩上，两阵相似的风吹过，我清楚，从此我再不会被万事万物卡住。[①]

这是《仙症》最后一句话，在这一刻，每个词语都没有其自身依附的意义，"能指"与"所指"的关系在一一断裂。"我"感受到来自"实在界"的"风"。这不是"我"作为"主体"的幻觉，而是"我"作为"主体"之幻觉的消失。这阵风爽朗而又空无，这种感觉就像一个人离开了他的影子，他自身开始变得透明。

这大致是笔者借助拉康精神分析理论对于《仙症》这

---

① 《仙症》，第 36 页。

一"症候"的阅读。我们同样可以在社会分析的意义上将《仙症》在社会史的脉络中落座，甚至于考证王战团的原型，郑执自己也介绍过，"如果你留意到在书前面印了一行字：纪念王振有先生，对，那个人是我的大姨夫，可以粗略地说，他算是王战团这个人物的原型。"① 同时也可以征引郑执在"一席"中的著名演讲，考证郑执曾经有过在高中三个月不说话的真实经历。但这对于理解郑执这一代作家，对于理解东北，仍然有些轻易。郑执这一代的写作，不是说出了什么；而是告诉我们，有什么在牵扯着我们，但又无法说出。《仙症》最终展现出对于东北的精神治疗及其不可能，东北最后的尊严，是拒绝被"治愈"。

---

① 顾明：《郑执：我已经放下了过去的包袱，用严肃的态度对待文学》，澎湃，2020 年 11 月 5 日。

第五章

平民文学：王占黑小说

一　从高圆寺到定海桥

在《从街头小霸王到世界大笨蛋 ——关于松本哉的书和影》一文中，王占黑介绍了松本哉从东京高圆寺开始的"素人之乱"。王占黑引用了松本哉在《世界大笨蛋反叛手册》中的一段描写：

> 九十年代中期，这些场景终于逐渐从日本消失了。当时我正好是大学生，常会去中国、东南亚之类的地方穷游，我对那些旅游景点完全没有兴趣，一个劲地只在当地人的那些市场、居民区转悠。日落时分一到，就会看到人群密密麻麻地聚集在这些

地方。小屁孩在狭窄的街道里跑来跑去，大叔在路上下象棋，大娘们也在喝茶乘凉。这不就跟江东区的景象完全一样嘛！！到最后，大家会席地而坐，开始用放映机播放电影，或者在广场上唱卡拉 OK！而且还一边喝喝茶、吃吃菜、嗑嗑瓜子唠唠嗑，热闹非凡。哼，生活过得倒是很自由自在嘛！真是令人眼红啊！没错，这就是日本为了经济发展所牺牲掉的东西呀。[①]

这段描写仿佛出自王占黑的小说，也是松本哉的家乡东京江东区贫民区的景象。松本哉出生于 1974 年，毕业于日本法政大学，在大学读书时创立"守护法政贫穷风气之会"，以各种貌似胡闹的方式抵制学校餐厅涨价等。2005 年 5 月松本哉在东京的高圆寺北中通商店街创办"素人之乱"二手店铺，聚集一批同道者在周边开店。2007 年由中村友纪执导的《素人之乱》纪录片上映，松本哉本人也先后出版了《素人之乱》《世界大笨蛋反叛手

---

① 松本哉：《世界大笨蛋反叛手册》，吉琛佳译，第 64 页。

册》等著作，并先后被翻译为韩文、中文。

　　"素人"在日语中意为"业余者"，"素人之乱"可译为"普通人的抗议"。松本哉从1990年代中期持续至今的抗议，无论是读大学时的露天火锅派对，还是在2011年4月发起的东京万人"废核游行"，批判的对象都指向全球化以来的新自由主义体制。在柄谷行人为松本哉《世界大笨蛋反叛手册》写的书评中，柄谷行人谈到，"他（指松本哉，笔者注）所说的'穷人'，主要是指称1990年代以来新自由主义局面下生活愈发贫穷的人们。"[1] 这对应于齐格蒙特·鲍曼所提出的"新穷人"（2004）这一概念，鲍曼从"消费社会"这一视域出发，将"新穷人"界定为失败的消费者[2]。汪晖在《两种新穷人及其未来——阶级政治的衰落、再形成与新穷人的尊严政治》一文中回应了"新穷人"这一概念，进一步指出"新穷人"是消费社会和消费文化的伴生物，"其收入不能满足

---

[1]　柄谷行人：《与阶级间差距作斗争的欢乐联盟》，吉琛佳译，引自豆瓣网。

[2]　齐格蒙特·鲍曼：《工作、消费、新穷人》，仇子明、李兰译，吉林出版集团有限责任公司，2010年，第85页。

其被消费文化激发起来的消费需求"①。

"新穷人"越来越密集地在全球尤其是东亚出现，体现出新自由主义体制——伴随着批判新自由主义体制的力量的逐渐瓦解——不断激进化。法兰克福学派新生代社会学家哈特穆特·罗萨2005年提出的"加速"概念近年来愈发受到关注，罗萨讨论了当代生活正在明显发生的一个变化：社会加速。罗萨指出："2000年前后十年间，新自由主义政治开始以加速社会（特别是资本流动方面）为目标"。②就此罗萨讨论了社会加速的推动机制："竞争逻辑和成就逻辑根本上就是社会加速的核心驱动力"③。"竞争"是新自由主义一贯的驱动力，大卫·哈维在《新自由主义简史》（2005）中指出，"竞争——个体间的竞争、公司间的竞争、地区实体间的竞争（城市、区域、民族、地区集团）——被看作是首要美德"④。

---

① 汪晖：《两种新穷人及其未来——阶级政治的衰落、再形成与新穷人的尊严政治》，《开放时代》，2014年第6期。
② 哈特穆特·罗萨：《新异化的诞生：社会加速批判理论大纲》，郑作彧译，上海人民出版社，2018年，第96页。
③ 同上，第78页。
④ 大卫·哈维：《新自由主义简史》，王钦译，上海译文出版社，2010年，第75页。

不断加速的"竞争—消费"机制带来巨大的压力并重塑社会结构，以日本为例，近年来日本社会学家在这一主题下出版了一批畅销著作描述这一现象，比如森冈孝二《过劳时代》（2005）、三蒲展《下流社会——一个新社会阶层的出现》（2005）、大前研一《低欲望社会——"丧失大志时代"的新·国富论》（2015）等。在柄谷行人看来，"新穷人"有两种可能："面对这一窘境，人们一般会有两种应对态度。一种是执拗于中产阶级的生活标准，'聪明'地过活。而另一种，则是放弃这种执念，过'笨蛋'的生活。"[1]柄谷行人指出，试图强化"竞争"以追赶社会加速的"聪明"的人，"即使再努力实际生活也变得越来越窘迫。尽管如此，这些人也不增进与别人的交往和互助。于是他们往往变得愈发依赖国家和盲目排外。"[2]而大卫·哈维对此早已警告过，新自由主义将导向新保守主义，出现互相竞争甚或互相敌对的民族主义这一灾难性后果[3]。随着特朗普2016年当选美国总

---

[1]　柄谷行人：《与阶级间差距作斗争的欢乐联盟》，吉琛佳译。
[2]　同上。
[3]　大卫·哈维：《新自由主义简史》，王钦译，第99页。

统，以及其他国家的变化，这种灾难性的后果正在成为现实。

在这样一个严峻的时刻，松本哉展示了"新穷人"的另一种可能，也即选择"笨蛋"的生活。松本哉定义的"笨蛋"是和全球化时代定义的"精英"相对的。在《素人之乱》一书自序中，松本哉以戏谑的文风，表达对于"格差社会"[①]的抗议，喊出"不要再像奴仆一样地追求'人生赢家'的目标了吧"[②]。在这篇序言的结尾，松本哉给出的办法，首先是退出消费社会，"我们必须学习尽量不花钱的生活方式"[③]；其次是强调"互助"，依托街坊邻居的互相支援，试图寻找一种"与在地连结的生活方式"[④]。

松本哉对于新自由主义的批判，核心是从"竞争"转为"互助"。这让人想起克鲁泡特金写于20世纪之交的《互助论》，在《互助论》中，克鲁泡特金以社会达尔文

[①]　在日文中指阶层固化、贫富差异不断拉大的社会。

[②]　松本哉：《素人之乱》，陈炯霖译，台北推手文化出版，2012年，第17页。

[③]　同上，第16页。

[④]　同上，第86页。

主义那套"生存竞争""适者生存"为论辩对手，以"互助"而不是"竞争"勾勒自然进化的规律，重新解释了达尔文主义。在20世纪初，以克鲁泡特金为代表的安那其主义在革命思想中居于重要地位，孙中山、李大钊、毛泽东等革命家以及蔡元培、梁漱溟、巴金等人对克鲁泡特金都有所回应①。不消说，安那其主义的理论体系有明显的缺陷，后来被更为科学的左翼思想所扬弃。但在宽泛的意义上，安那其主义作为左翼思想一个不成熟的支流，对于以社会达尔文主义为代表的竞争逻辑与强权思想有鲜明的批判。松本哉的"素人之乱"带有21世纪的安那其主义色彩，是对于新自由主义的泛左翼的批判。在《素人之乱》的后记中，松本哉谈到了当时正在发生的"占领华尔街"运动，他接过了"We are the 99%"这个口号，认为"这不正好跟本书序章里写的东西一模一样吗？"②

在《从街头小霸王到世界大笨蛋》的结尾，王占黑从

---

① 路哲：《中国无政府主义史稿》，福建人民出版社，1990年，第25页、26页。

② 松本哉：《素人之乱》，第230页。

东京回到上海，她写到了定海桥：

> 定海桥是上海的旧棚户区，我曾在《小花旦的故事》里写过。定海桥互助社是一个逐渐成形的笨蛋中心，常常有很多笨蛋和想做笨蛋的人聚拢过来，白相相，搞搞事体。那天译者吉琛佳在定海桥梳理了社会学的脉络并最终联结到松本哉的当下以及定海桥的未来时，我真正感到知识和实践被打通了。松本哉不是一个样本，也不算案例，但他称得上是一次绝好的启发，很多人最初在这里接触到高圆寺大笨蛋的文字和影像，也确然正在行动起来。[1]

理解王占黑的小说，离不开从高圆寺到定海桥的这一迂回。定海桥互助社位于上海杨浦区定海港路252号[2]，成立于2015年夏天（2021年9月30日因旧区拆迁改造而关闭），并在2018年发起定海桥互助社共治计划，

---

[1]　王占黑：《从街头小霸王到世界大笨蛋 ——关于松本哉的书和影》，《青春》，2019年第4期。

[2]　松本哉的译者、日本京都大学博士研究生吉琛佳就是在定海桥社区出生长大的。

王占黑是发起共治计划的社员之一。很难准确地描述定海桥互助社，在《定海桥互助社共治计划》中，一些成员在《什么是定海桥互助社（共治计划）？》这一题目下有过夫子自道。对于互助社的成员们而言，人与人之间的"联合"是一个关键词，比如有的社员的看法，"定海桥互助社共治计划促进的是'业余的联合'"[1]；又如有的社员的看法，"定海桥互助社希望激发、促进平等的对话和联合，希望和社会上各种人建立连接，这样的连接里面没有互相可利用的商业价值，也没有你高我低的身份歧视"。[2]

从定海桥互助社的角度理解王占黑，意味着从思潮的角度理解作家。对于"五四"时期的文学而言这毫不奇怪，但对于新时期以来的当代文学，这大概是久违了的分析视角。我们可能习惯于将文学理解为个人的天赋，而不习惯从思潮的角度来理解文学。最近几年来，从双雪涛、班宇等"新东北作家群"作家到王占黑，这批以边缘人为主角的青年作家，连续获得多项重要的文学奖，

---

① 参见《定海桥互助社共治计划》。
② 同上。

作品也很受市场欢迎。这批青年作家的写作，既是当下青年写作中最为生机勃勃的潮流，同时也汇入到全世界的思潮之中。作为参照，同样以边缘人为主角的《大佛普拉斯》（台湾地区）、《小偷家族》（日本）、《寄生虫》（韩国）、《小丑》（美国）等电影，包揽了过去几年来戛纳电影节金棕榈奖、威尼斯电影节金狮奖、奥斯卡最佳影片奖等多项大奖；《乡下人的悲歌》等表现美国底层白人困苦生活的非虚构著作居于美国图书畅销榜首；《21世纪资本论》等讨论贫富差距与不平等的学术著作全球热卖几百万册；乃至于特朗普的上台、英国的脱欧以及一些其他国家的变化等等，都在显示出平民主义[①]在全球的强势崛起，一个反思"资本收益"与"劳动收益"的关系、反思全球化/精英的时代已经到来。

[①] 对于 Populism，笔者使用"平民主义"而不是另一种更常见的译法"民粹主义"，其原因可参见潘维教授这篇文章：《"平民主义"错译成"民粹主义"，该纠正了》，《环球时报》，2020年1月2日第15版。值得补充的是，一方面要意识到"平民主义"作为全球不平等的产物有其合理性，不是被一些政客煽动操纵的结果；另一方面"平民主义"要和"民粹主义"有效切割。"民粹主义"的问题，可参见杨—维尔纳·米勒《什么是民粹主义？》（钱静远译，译林出版社2020年5月出版）。

二 平民主义文学的崛起

　　王占黑的出现是文学史事件，她扭转了"80后"文学到"90后"文学的承接。长久影响"80后"文学的青春文学叙事，那种空洞自恋的内部经验，随着王占黑这样的"90后"作家出现就此终结。作为"80后"文学长时间的观察者，笔者没有预料到青春文学衰落得如此之快。"80后"文学到"90后"文学的这一转向，不是基于王占黑的个人天赋之类神神秘秘的原因，挪用马克思评价拿破仑的名言来讲，如果没有王占黑这个人，那么文学史并不会因此而改变，相反，王占黑在文学史上的角色将由另外一个人来扮演。在笔者看来，"80后"文学到

"90后"文学的这一转向，是新自由主义的崛起及其衰落的文学表征。新自由主义的文学样板是郭敬明的《小时代》，《小时代》里的世界是一个被"市场"逻辑所彻底结构的世界，消费品的无限流转被指认为多元与自由，消费符号系统被指认为价值系统，"竞争"与"消费"驱动人物的生活，最终形塑出一种高度自私、自恋的情感结构，并且借助"文学"将这一对于自我的病态关注，描绘为所谓丰富的内心世界。必须要说，将对于自我的病态关注错认为灵魂的探索，在"80后"文学中不唯郭敬明所独有，郭敬明只是新自由主义文学的极端代表。新自由主义的意识形态想象，比如占有性个人主义、发展主义、消费主义等等，如果说在世纪之交还有强大的询唤能力的话，那么在当下已经被高度分化的现实所祛魅与瓦解。并且，新自由主义最终催生出阶层之间的断裂与民族国家之间的紧张，这在当下已经成为世界性的迫在眉睫的危机。

在新自由主义向平民主义的转向中，文学也在发生剧烈变化，王占黑的出现恰逢其时。王占黑谈到过自己如何婉拒朋友们建议写青年与都市："我仔细想了想，发现这件事一时半会难以扭转，原因不在我，在故事里的人——他们比我重要得多。回想写作的初衷，并非硬要为自己想一个计划，而是为着他们，或说'我们'。"① "他们比我重要"，这一扭转意味深长。从王占黑到班宇，这批风头正劲的作家来自下岗工人社区，毫不令人意外。作为新自由主义体制的直接受害者，这批作家在写作开始的时刻，就不会堕入新自由主义的幻觉之中。王占黑以"街道英雄"这个大的主题统摄她的写作，目前这一系列已经出版了两部小说集：《空响炮》和《街道江湖》②。王占黑主要写"老社区"里的人生况味，"我的经验，就在这些老社区里"③。老社区里的居民，被王占黑分为三类："衰败的工人群体，日益庞大的老龄化群体，以及低收入的外来务工群体。"④按照新自由主义的标准来看，这几类人无疑都是没什么利用价值的失败者，但王占黑将他们指认为"街道英雄"。在小说集《空响炮》的代跋

---

① 王占黑：《空响炮》，上海文艺出版社，2018年，第187页。

② 这两部小说集王占黑都曾定名为《街道英雄》。

③ 王占黑：《社区、(非)虚构及电影感》，引自王占黑：《街道江湖》后记，上海文艺出版社，2018年，第252页。

④ 同上。

《不成景观的景观》一文中，王占黑谈到："我有必要将另一种不成景观的景观展示出来，展示出他们临死而不僵的内部状态，那种在历史命运的末路上仍然饱含着的无穷的兴致和张力"。[①]

诚如理想国文学奖的授奖词："写城市平民的现状，但不哀其不幸，也不怒其不争。"各种外部视角都无法穿透王占黑小说中的老社区，和班宇等东北作家的"子一代"视角相似，王占黑也是在共同体内部展开叙述，如她所言："我始终觉得青年一代能为自己所成长的时代作出的最高反馈，就是用艺术的方式去呈现它，去献给我们的父辈。这是一种致敬，也是一种自我梳理。"[②]张新颖在《空响炮》序言里也谈到，"她的叙述是这样的社区生活里面的——而不是外面的，更不是上面的——叙述。"[③]在王占黑的小说中，作家就站在失败者中间，并且并不认为这是失败，写出他们生命中的活力与尊严。

王占黑的叙述手法，服务于她对于写作对象的认

---

① 王占黑：《空响炮》，第 187 页。

② 王占黑：《社区、（非）虚构及电影感》，《街道江湖》，第 296 页。

③ 张新颖：《空响炮》（序），引自王占黑：《空响炮》，第 2 页。

知。她的小说一律以"某某的故事"为题目，回到"故事"的传统。本雅明在《讲故事的人》中，将"故事"与"小说"作了区分：

> 讲故事的人取材于自己亲历或道听途说的经验，然后把这种经验转化为听故事人的经验。小说家则闭门独处，小说诞生于离群索居的个人。此人已不能通过列举自身最深切的关怀来表达自己，他缺乏指教，对人亦无以教诲。写小说意味着在人生的呈现中把不可言诠和交流之事推向极致。[1]

不理解本雅明的"故事"与"小说"，很容易以"小说"的标准先入为主地轻视王占黑的创作。在本雅明看来，"故事"和整全性的经验及其交流相关，这是共同体生活的特色。如理查德·沃林对于《讲故事的人》一文的分析："故事世界里的意义是内在于生活的。这样的认识获得了一种直接的自明性，这一事实表明存在一

---

[1]　瓦尔特·本雅明：《讲故事的人》，引自《启迪：本雅明文选》，汉娜·阿伦特编，张旭东、王斑译，第99页。

种情形，在此情形中，存在着通向经验的连续体的连续性和流动性"。① 而王占黑将吴语方言，视为"故事"也即整全性经验的"底色"："对话固然是显在的一环，可更多隐性的环扣，比如句子背后的图景和氛围，都是构成这种风格的元素。对话之外的叙述，从人名、地名到动词、形容词，停顿，长短句，全都覆盖着这层'底色'。"② 固然可以在艺术特色上孤立地讨论王占黑对于方言的运用，但笔者以为王占黑小说的两个艺术元素——"方言"和"故事"——是一致的，都是为王占黑所塑造的老社区这一经验共同体服务。

具体而言，王占黑以一种分镜头语言结构她的故事，"我几乎是以分镜练习的方式开启了写作尝试。很多时候画面常常是先行的。"③ 王占黑的小说语言可以被还原为分镜头语言，在笔者本科生的课堂上，刘静瑶同学曾以王占黑《水果摊故事》中的一段为例，制作了一张分镜头图表：

① 理查德·沃林：《瓦尔特·本雅明：救赎美学》，吴勇立、张亮译，江苏人民出版社，2017年，第223页。
② 王占黑：《空响炮》，第190页。
③ 王占黑：《社区、（非）虚构及电影感》，《街道江湖》，第256页。

小说原文：

　　老黄的店面小得好比孙猴子临走前给唐僧划出的一个圈，一把伞撑开，底下几个篮筐，几只纸板箱，提桶，蒲扇，收音机，摇椅上面躺着老黄，底下躺着老黄的宝贝性命铁皮盒。人们路过就要戏耍他，诶呦！小金库怎么不见了！老黄便触电了似的从躺椅上弹起来，立刻俯下身去摸。[①]

小说转为分镜头：

镜号	景别	技巧	画面	台词	声音
1	远景	固定镜头＋平拍	老黄的整个店面		街市的嘈杂声
2	中景	降镜头	由撑开的伞面到下面的篮筐		同上
3	近景	慢摇镜头	由篮筐开始，纸板箱，提桶，蒲扇，收音机，最后落在摇椅上		同上＋摇椅摇晃的声音
4	中景	升镜头＋俯拍	由摇椅上升至上面的老黄		同上

---

　　① 王占黑：《水果摊故事》，《街道江湖》，第24页。

镜号	景别	技巧	画面	台词	声音
5	小全景	固定镜头＋仰拍	仰拍摇椅上的老黄同时拍到摇椅下的铁盒		同上
6	特写	固定镜头＋平拍	铁盒特写		同上
7	中景	固定镜头＋二次对焦＋过肩	取景过老黄的肩，对焦在老黄身上，路人走过来对焦到路人身上	诶呦！小金库怎么不见了	同上＋说话同期声
8	全景	固定镜头＋俯拍	老黄匆忙从摇椅上弹起来		街市声＋摇椅声
9	近景	固定镜头＋平拍	画面里原本有一只铁皮盒，随后伸过来两只手摸索最终摸到		同上＋铁皮盒摩擦声

　　刘静瑶指出，这种例子在王占黑小说中比比皆是，比如《来福是个兽》中的一段：

　　　我们走到徐爷爷楼下，看到他亮着日光灯，我就喊：
　　　徐爷爷，走啦！

他不回应。过个半分钟，日光灯就暗了，它在咚、咚的拐杖声里下楼来。我总是先看到三条细长的腿，然后看到一个大招手。[1]

　　在这一场景中，我们是通过叙述人"我"的视点——架在居民楼外的机位——"看"到徐爷爷下楼的：先看到腿和拐杖，接下来镜头上移看到招手。日光灯关灯、咚咚下楼的拐杖声、三条细长的腿、一个大招手，这一连串的"镜头"交代了整个过程。[2]

　　王占黑对于小说的视觉化处理非常特别，这里隐藏着理解王占黑小说"形式"背后的"哲学"的契机。我们知道艺术的"蒙太奇"转向本来是针对大都市的杂多的、碎片化的经验，本雅明在《机械复制时代的艺术作品》中谈到，"现代人面临着一种日益加剧的威胁，电影这种艺术形式与这种威胁是步调一致的。人把自己暴露在震惊效果面前的需要不过是他面临威胁自己的危险时的自

---

　　① 王占黑：《水果摊故事》，《街道江湖》，第71页。
　　② 刘静瑶：《论王占黑小说中的分镜头写作》，华东师范大学中文系《中国当代文学史》课程2018年课堂作业，未刊。

我调整。电影应和了在统觉机器方面的深刻变化——在个人的天平上，这场变化由人在大城市街道的交通中体验到了"。[1] 经验的碎片化是构成蒙太奇这种电影技法出现的历史前提，而单个的碎片本身并无意义，如本雅明所言，"在电影里，每个单独画面的意义都是由后面的一系列画面指定的"。[2] 彼得·比格尔在《先锋派理论》中，通过讨论本雅明的艺术理论，将"蒙太奇"视为先锋艺术的基本原则。[3]

王占黑的小说挪用并改造了"蒙太奇"的先锋性，在她小说中的"镜头"与"镜头"之间，没有"震惊性"的剪辑；相反，王占黑的"摄影机"表现着一个经验同质化的世界，这归因于王占黑将老社区的世界指认为都市现代性之外的一处"飞地"，一个可以被"故事"所把握的共同体。在叙述人的眼里，老社区的世界既是破碎的，但又是连续的。

---

[1] 瓦尔特·本雅明：《机械复制时代的艺术作品》，《启迪：本雅明文选》，第 260 页。

[2] 同上，第 243 页。

[3] 彼得·比格尔：《先锋派理论》，高建平译，商务印书馆，2017 年，第 148 页。

这里有两种视觉化的处理，两种观看并理解世界的方式：一种是先锋化的"蒙太奇"（值得注意的是"蒙太奇"并不必然走向先锋艺术，恰恰是苏联电影孕育出这个概念），镜头的运动对应着碎片化的经验；另一种是从克拉考尔到巴赞的现实主义电影观，这里的现实主义，不是机械地表现生活，而是侧重物质现实的还原，发现生活的本真性。如克拉考尔所言："由于每种手段都自有其特别擅长的表现对象，所以电影可想而知是热衷于描绘易于消逝的具体生活的——倏忽犹如朝露的生活现象、街上的人群、不自觉的手势和其他飘忽无常的印象，是电影的真正食粮。"[1]要注意到克拉考尔对于"镜头"中的"消逝的具体生活"的理解，不是将这种偶在的、变幻的、易于消逝的生活片段理解为无意义的碎片，而是认为这种具体生活本身是本真性的。

王占黑小说的视觉艺术，是以"蒙太奇"的方式凝视，她的"分镜头"形式服务于她的"长镜头"哲学。在讨论沈从文《记丁玲》一文中，王占黑分析沈从文如

----

① 齐格弗里德·克拉考尔：《电影的本性》，邵牧君译，江苏教育出版社，2006年，第3页。

何通过日常琐屑的生活记录丁玲，和一般以为的以日常生活解构丁玲代表的革命不同，王占黑在讨论"大"与"小"的互通："当大可以化小，小的也就可以变为大的"①。王占黑对于沈从文的理解，落在她自己的小说上同样合适。王占黑一方面将生活经验碎片化、具体化；另一方面守卫着这种碎片化、具体化生活的本真性。

在叙述的技法上，如何协调生活经验的碎片化与整全性？王占黑的小说调动双重视角，在她的小说中，儿童视角与成人视角同时在场。对于王占黑小说的这一叙述特点，刘欣玥最早指出过，"这并非传统意义的童年回

---

① 在此需要交待一下本文引用的王占黑《从街头小霸王到世界大笨蛋——关于松本哉的书和影》《〈记丁玲〉：以日常的名义消解》《〈呼兰河传〉：记忆望着我》三篇文论的出处。笔者2018年主持南京《青春》杂志一个作家创作谈栏目，向王占黑约稿。王占黑发来谈《记丁玲》和《呼兰河传》两文，《记丁玲》一篇标记写于2015年1月，推算这两篇文章都是王占黑攻读硕士时的作业。理解王占黑后来的创作，这两篇求学时期写的文论比较重要，已经显示出她后来的创作走向。因笔者同一时间在"定海桥"公众号上读到她谈松本哉一文，觉得更具代表性，故而征得王占黑同意最后发表了《从街头小霸王到世界大笨蛋——关于松本哉的书和影》这一篇，另两篇目前未刊。

忆叙事，因为长大后的'今日之我'同时在场"。①儿童视角是有限的视角，老社区的生活呈现为片段式的；成人视角——"我"的回忆——是整全性的视角，这一视角整合着儿童视角下的生活片段。这种"祛魅"与"赋魅"的往返辩证，构成了王占黑小说貌似平静的叙述下巨大的情感张力。王占黑谈过萧红的《呼兰河传》，她分析《呼兰河传》的看法更像是分析自己的小说："有儿童的视角当迷障，盖住作为成年人的萧红在文本外（写作过程中）的真实感受。这些里子往往不大引人注意，也无关作品本身的形式或效果。然而你一旦去想作为感受者的儿童和作为叙述者的成人之间的时空间隔，文本和现实的不可逆距离，就会体会到底下那一大股经时间积攒的情绪洪流。"②

在这一意义上，王占黑的小说，表面上也许显得写实感很强，但实际上受到比较强烈的主观视角的制约。王占黑所建构的老社区共同体，是一个主观化的共同

① 刘欣玥：《街区闲逛者与昨日的遗民——王占黑作品读札》，《大家》，2018年第1期。

② 王占黑：《〈呼兰河传〉：记忆望着我》，未刊。

体。特别暴露这一主观化视角的，或许是王占黑对此隐藏得不那么成功的《地藏的故事》这一篇，在这篇小说中叙述人"我"直抒胸臆：

> 在另一个匆忙的大城市里疾行疾走，消耗去我太多的气力和耐心，然而那焦忙的奔忙并不能在哪怕一分钟里燃起我想象中哪怕一簇来自新生活的热情：无处可寻的生计，无疾的恋爱，无尽的苦闷和不解，每一回无可招展的故事，变成换季时的一盆盆冷水，加速灭着我的口。以为冷水澡能浇醒人的斗志，结果却被浇得四肢麻木起来。这么想着，便觉得不如回来这里停一停，停在大约五六年前的永远贫瘠的旧世界。①

王占黑的小说最终是"虚构"的，在这一刻她的"故事"比"小说"更具有主观性。在王占黑的文学世界里，她的每一篇小说的边界都很模糊，人物在各个故事

---

① 王占黑：《地藏的故事》，《空响炮》，第162—163页。

中彼此穿梭，她的系列故事，可以也应该被读成同一个故事，表现同一个世界。这个世界表面上似乎灰暗、破败、吵闹，但实际上是一个极为纯净的世界。

三 "乌托邦"，还是"异托邦"？

　　无论是现实中的定海桥老工人社区，还是记忆和小说中的社区，在王占黑的叙述中，都近似于福柯所指出的"异托邦"（hétérotopies），一种和新自由主义控制下的消费社会相区别的"另类空间"。福柯三次使用过"异托邦"这一概念[①]：第 1 个文本是福柯 1966 年出版的《词与物》前言；第 2 个文本是《乌托邦身体（Le corps utopique）》，这是福柯 1966 年 12 月在"法国文化"电台所做的一次演讲；第 3 个文本是《异托邦（Les

---

FOOTNOTE

　　① 阿兰·布洛萨：《福柯的异托邦哲学及其问题》，汤明洁译，《清华大学学报》，2016 年第 5 期。

PAGE

hétérotopies）》，这是 1967 年 3 月福柯在"建筑研究学会"所做的演讲，这篇演讲稿在 1984 年福柯去世前不久修改为《别样空间（Des espaces au-tres）》。福柯这篇演讲稿被王喆译为中文，发表在《世界哲学》2006 年第 6 期，题目为《另类空间》。就笔者所见，中文学界对于"异托邦"的理解往往参照这一演讲稿。王德威 2011 年 5 月 17 日在北京大学发表演讲《乌托邦，恶托邦，异托邦——从鲁迅到刘慈欣》，将这一概念介绍到当代文学界。就当代文学研究而言，"异托邦"这一概念已经先后被邵燕君、陈晓明、李国华等学者用来讨论网络文学世界、阎连科的"受活庄"、马原的麻风病村等。

这个概念在使用中大致被视为实际存在的、与正常空间不同的"另类空间"，以此区别于不存在的、作为理想空间的"乌托邦"。笔者以为，"异托邦"之所以逐渐变得流行，是因为这一概念契合于时代的情感结构：我们不再相信"理想"的空间是可能的，又不能完全认同"正常"的空间。在这个意义上，"异托邦"是典型的"乌托邦"终结之后的产物。值得注意的是，老工人社区并不必然是"异托邦"，在其源初的意义上，"工人新村"恰恰意味着"乌托邦"在真实空间中的实现。同一处真实的空间，从"工人新村"跌落到老工人社区，如何同时伴随着从"乌托邦"向"异托邦"的转化，这提供了理解当代思想的重要可能。

"乌托邦"和"异托邦"的区别，对应于王占黑提到的一句话："另一个世界并不存在。只有另一种生活的方式。"这句话来自于王占黑对于《世界大笨蛋反叛手册》译者吉琛佳的引用，吉琛佳在该书《译后记》中回忆他2015年金秋的某个夜晚走访松本哉所在的高圆寺：

> 我可以在此轻易地嗅到种种新鲜的、不安稳的气息，却又惊异地意识到，这些充满意外性的元素，似乎正是此处日常的一部分。此情此景让我想起的，是《致我们的朋友》一书的引言："另一个世界并不存在。只有另一种生活的方式。(雅克·梅林)"[1]

---

① 松本哉：《世界大笨蛋反叛手册》，吉琛佳译，第 320 页。

吉琛佳注明这句话来自《致我们的朋友》一书，这个隐秘的知识脉络值得注意。《致我们的朋友》即 Comité Invisible 的第二本书 *A nos amis*。Comité Invisible 有译为"隐形委员会"，作者不详，始终处于匿名与沉默之中，据说法国警方也没有找到作者。就笔者目前所了解，"隐形委员会"在 2007 年、2014 年出版了两本书，出版社都是 La Fabrique Editions。2007 年的第一本书是 *L'insurrection qui vient*，《革命将至：资本主义崩坏宣言》；2014 年的第二本书就是 *A nos amis*，《致我们的朋友：资本主义反抗宣言》。"隐形委员会"激烈地批判资本全球化，但其理论逻辑，依然没有超越 1950 年代以来，尤其是 1956 年——赫鲁晓夫秘密报告、苏联入侵匈牙利——以来的西方左翼思想的逻辑。由于丧失了"乌托邦"的视野，西方左翼对于资本主义的批判，从一种总体性的视野转向对于多元文化的捍卫。在这个意义上，既然"另一个世界"不再可能，反抗最终落在对于杂多的、差异性的生活方式的捍卫。

在全球化时代，"空间"取代"阶级"成为核心政治议题。这一转化，既源自 1950 年代以来经典的阶级论述在全球遭遇的挫败，如阶级论述在社会主义实践中的危机，以及二战之后发达资本主义国家蓝领工人白领化；又源自全球进入后工业社会以来的变化，如杰姆逊引述的一部分社会学家的看法："不再以工业生产为其发展的主导推动力量，更不再以阶级斗争为统摄社会生活的总体方式了"[①]。杰姆逊引证曼德尔《晚期资本主义》的看法认为，这种后工业社会是一种更为"纯粹"的资本主义。一个重要的变化，就是"空间"对于"时间"的统治。杰姆逊在 2012 年 12 月华东师范大学的演讲中，再次谈到我们对时间的经验正被替换为对空间的经验："工业劳动力和城市资产阶级的区分都被抹去。每个人都是消费者，每个人都成为雇佣者，一切东西都进了购物中心，空间不过是表面的无限延展。作为时间现象的差异让位给同一性和标准化。"[②]

在这个意义上，重读福柯提出"异托邦"的演讲，会

---

① 詹明信:《晚期资本主义的文化逻辑:詹明信批评理论文选》，张旭东编，陈清侨等译，生活·读书·新知三联书店，1997年，第 425 页。

② 弗雷德里克·杰姆逊:《〈资本论〉新解》，《现代中文学刊》，2013 年第 1 期。

发现福柯在进入"异托邦"之前，讨论的是"历史"向空间的转化。福柯将 19 世纪称为是"历史学"意义上的、以热力学第二定律作为其神话。这句话似乎不容易理解，主要是在福柯这一句话之前，中文翻译直译了一个词"世界降温"，这应该是指和热力学第二定律密切相关的物理术语"热寂"。所谓"热寂"，指的是依据热力学第二定律推导出来的宇宙最终的"热平衡"的状态，整个世界变成一个温度一致的世界，因所有的能量都转化为热能，任何生命都不复存在。"热寂"这种悲观的想象在文学上经常被转化为一种"恶托邦"（Dystopia，即"反乌托邦"）想象，比如品钦的《V》和王小波的《白银时代》。在"恶托邦"的世界里，一切都均质化了。

由此来说，福柯所谓的 19 世纪以热力学第二定律作为其神话，一种可能的解释，是被编织进历史叙事中的时间，是一种单一的、同质的、线性的时间。有意味的是，福柯在这里不是以一种"时间"（比如社会主义的历史叙事）对抗另一种"时间"，而是将"时间"转化为"空间"："我们处于这样一个时刻，在这个时刻，我相信，世界更多地是能感觉到自己像一个连接一些点和使它的线束交织在一起的网，而非像一个经过时间成长起来的伟大生命。"① 和"正常空间"相比，福柯梳理了两种相反的空间："这些与所有其他空间相联系的，但和所有其他位置相反的空间出自两种类型"②。这两种类型即"乌托邦"与"异托邦"。福柯在出版于 1966 年的《词与物：人文知识考古学》一书序言中分析过二者的差异："乌托邦"提供安慰，是出于词语的经纬方向的；而"异托邦"摧毁语法的秩序。福柯的"异托邦"，在对于现实的批判性上和"乌托邦"是一致的，但同时又批判"乌托邦"的意识形态性，这个关系就像阿兰·布洛萨概括的，"与其说异托邦是乌托邦的'反面'或对立面，不如说异托邦同时既是乌托邦，又是乌托邦的他者。"③

如果我们穿透福柯对于空间和时间的讨论，福柯的"异托邦"表面上是一种更为彻底的革命，实际上是一种内部的革命，这对应于福柯所处的思想的位置。福柯最

---

① 福柯：《另类空间》，王喆译，《世界哲学》，2006 年第 6 期。

② 同上。

③ 阿兰·布洛萨：《福柯的异托邦哲学及其问题》，汤明洁译，《清华大学学报（哲学社会科学版）》，2016 年第 5 期。

终是在资本主义内部来讨论变革，在今天回顾福柯1967年对于世界的描述，由"点"交织在一起的"网"，不用多么高深的哲学知识，我们也知道这个世界就是由互联网所组织的世界。福柯解构历史叙事，以"空间"替换"时间"，在其激进批判的表象下，最终契合于以互联网为代表的资本主义逻辑在全球的传播。刘禾指出如果我们将福柯所使用的"networks"等视为隐喻，"我们将难以理解福柯那一代主要的知识分子是如何在认知上广泛地转向控制论"。① 刘禾将冷战时期的"法国理论"视为"美国理论"，比如她对拉康的分析，"他的理论贡献在于，向我们展示了二战以后所形成的欧美世界秩序中，如何产生了一种处于控制论阴影下的无意识（cybernetic

---

① Lydia H. Liu, *The Freudian Robot: Digital Media and the Future of the Unconscious* (Chicago: The University of Chicago Press, 2010) pp.23. 笔者正文中的引用系笔者自译，原文如下：However, is Foucault speaking in metaphor? Yes, but if we take his language of "networks," "circulation," and "relays" as nothing more than metaphorical expressions (as if nonmetaphoric expressions were remotely possible), we would have a difficult time explaining how the broad epistemic shift toward a cybernetic outlook took place among the major intellectual figures of Foucault's generation.

unconscious）。"[1]这不是基于我们当下的网络社会的现状来反过来建构福柯那一代学人的理论背景，就在福柯发表"异托邦"演讲的1967年，同一年马尔库塞在柏林自由大学作了题为《乌托邦的终结》的讲演，马尔库塞直接谈到了这一点，"我们已经知道控制论与计算机会如何推进对人类存在的全面控制"。[2]而互联网以及互联网背后的控制论治理在冷战结束后弥散全球，这并非偶然。当下的中文学界倾向于将网络空间理解为现实空间的异托邦，在笔者看来，是颠倒了二者的关系：现实空间是网络空间的异托邦，并且这一空间随着5G基站的大规模建设、随着移动互联网的普及正在加速塌陷。

笔者尊重福柯"异托邦"概念内在的批判性，"异托邦"质疑着所谓自然的、合法的、不证自明的空间及其背后的治理逻辑。但问题在于，"异托邦"所想象的去中心的、非连续的、零散的、杂多的斗争，也即"同一／差异"的斗争，在何种程度上真实有效？在《定海桥互助

---

① 引自刘禾教授上引著作的第四章开篇，译者为王钦，未刊。

② 赫伯特·马尔库塞：《乌托邦的终结》，选自《马克思主义、革命与乌托邦》（马尔库塞文集第六卷），高海青、连杰、陶锋译，人民出版社，2019年，第318页。

社共治计划》第一页，社员们对于定海桥互助社这一空间的理解是：

> 1.1　互助社应当尽可能选择在一个地形、居民、文化、历史都足够复杂的地方建立。最好需要经过弯弯曲曲、街灯黯淡、污水横流的小巷才能通达；并且难以在地图上进行足够清晰的标示。
>
> 1.3　周边生活方便，远离大型超市、跨国连锁便利店和连锁快餐店，尽可能有各式各样的个体经营或非正式经营的售卖日用品、果蔬、熟食、餐饮、五金、二手图书、衣服等各类商品的商店或摊位。①

拒绝"大型""跨国""连锁"对应的资本体系，寻求一种多元的、在地的生活方式，不被"地图"所标示，定海桥互助社将自己定位为消费社会中的"另类空间"。王占黑本人则是从以下三点定位定海桥互助社：没有固定而具体的社会身份的联结；互助社的共治由协商而不

---

① 参见《定海桥互助社共治计划》。

是投票产生；定海桥不是一个具体的"区位"，而是一个支点，"定海桥可以是一个支点，也可以是城市众多支点中的一个，甚至是全世界支点中的一个。定海桥可以成为任何一个互助社正在发起活动的地点的代称"。①

定海桥互助社作为"异托邦"的同时，包含着"乌托邦"冲动，想象一种基于"协商"与"互助"的去中心化的"联结"。其基本方案，接近于柄谷行人所提出的《新联合主义互助原则》（2000 年发表）。柄谷行人还是在福柯那一代左翼知识分子的思想延长线上，持有双重批判的立场。他的"新联合主义"的批判对象，是柄谷行人认为在西方世界占据主导地位的社会民主主义。柄谷行人的"新联合主义"，在杰姆逊看来，是对于马克思主义与安那其主义的综合，柄谷行人本人认同杰姆逊的这一判断。其核心内容，也是柄谷行人在他多部著作中的核心主张，是将对于资本主义的抵抗，从生产环节转移到交换环节，从工人运动转移到消费者运动，以合作社的方式抵制消费。柄谷行人谈到：

---

① 参见《定海桥互助社共治计划》。

但严格意义上说，走出资本主义经济当然是不可能的。资本主义经济外部的斗争，旨在组织非资本主义的生产和消费；在内部的斗争，以流通过程（消费）中的抵制为中心。[1]

理解柄谷行人"新联合主义"的抵抗，和理解福柯"异托邦"的抵抗相似，这是一场发生在资本主义"内部的斗争"。柄谷行人的方案，基本上是欧文的空想社会主义方案在 21 世纪的翻版，在 2000 年提出，随即在 2002 年失败。柄谷行人的方案充满着浪漫的空想，比如以抽签的方式克服官僚主义。笔者阅读柄谷行人《新联合主义互助原则》一文时，特别触动的是柄谷行人在讨论"新联合主义"的组织架构时强调："问题和争议通报全体成员。为此，每位成员必须有电脑或能够使用电脑。以及每个单位可以有或必须有自己的独立主页。"柄谷行人拟定这一段时是如此自然，似乎没有考虑到，如何联合那些没有经济能力购买电脑、没有文化能力使用

---

① 柄谷行人：《新联合主义运动原则》，邓甫立译，高华鑫校，第 20 页，未刊。

电脑的人，这样的群体天然地被排斥在"新联合主义"之外，这样一个时刻显豁地暴露出空想社会主义浓郁的小资文化属性。新联合主义试图要"联合"多样的群体，而最终召唤来的成员，恐怕早已彼此相似。

笔者的看法是，没有乌托邦，就没有异托邦；没有另一个世界，也就不可能有另一种生活的方式。"空间"的矛盾在于，如列斐伏尔指出的，既是总体性的又是零散化的[①]。新互助主义这种"根茎"式的抵抗，试图在差异的、多元的空间基础上，将零散化的空间联合起来，从具体性中推导出一种具体的总体性。基于对"总体性"的同一性的担忧，新联合主义这种取消中心、取消大叙事、取消深度模式的乌托邦冲动可以理解，这也是1960年代以来的左翼主流；但问题在于，如果没有一个更高的范畴统摄，如何协调杂多性之间的矛盾？柄谷行人曾构想将少数族裔与女权主义等运动结合成一个运动，并将此视为新联合主义运动的任务，但这一任务，仅仅依赖"协商"是不可能达成的。例如，总会存在黑人平权

---

① 亨利·列斐伏尔：《空间与政治》，李春译，上海人民出版社，2015年，第32页。

运动的参与者——假设某个秉持男尊女卑思想的黑人男性——轻视女性平权运动，反过来说也会有白人女权主义者对黑人存有偏见，那么这一矛盾如何"协商"呢？

柄谷行人也意识到这一点，他强调整合诸种分散、零碎的运动的方式，在于认识与把握资本主义生产关系。但由于柄谷行人是回避总体性的社会主义者，他只能呼吁合作社的成员们抵制消费，从冲突性的社会关系中退场，而不是直面这一冲突。在这个意义上，我们对于"空间"的理解，要在列斐伏尔的理论维度上展开，列斐伏尔在《空间的生产》中多处谈到讨论空间就是讨论社会关系，"社会关系是具体的抽象，除了在空间中或通过空间存在之外，别无真实的存在。"[①] 把握空间，意味着把握内在于空间的社会关系，列斐伏尔分析到，社会与政治层面的冲突体现为空间的冲突：

内在于空间的深层矛盾之一，在于空间作为事

---

① Henri Lefebvre, *The Production of Space* (Translated by Donald Nicholson-Smith Massachuaette: Wiley-Blackwell, 1992) pp.404. 本文引文系笔者据此英文译本自译。

实上被"体验"的，阻止表征矛盾。冲突要得到表达，首先要被感知到，而这并不符合通常所设想的空间表征。这一矛盾是空间的具象与表征的矛盾，由此需要一种理论，超越这两个方面，清晰地表达这一矛盾。社会的与政治的冲突被空间地认识，空间的冲突使得社会的冲突可见。换句话说，空间冲突"表达"了社会的政治的利益和力量之间的冲突；只有在空间中，这一冲突才能有效地上演，这样一来，它们体现为空间的冲突。①

由此回到王占黑的小说，王占黑以往作品中所处理的空间过于同质化了，这也导致了王占黑的作品比较单薄。毕竟，小说中争夺小区门口的菜摊、广场舞的地盘等等并不构成真正的冲突，定海桥互助社式的"互助"，同样也难以呈现空间冲突。成名之后，王占黑在文学上有所调整，在《空响炮》《街道江湖》之后，王占黑发表了《小花旦的故事》(《山西文学》2018年第6期）等一批

---

① Henri Lefebvre, *The Production of Space*（Translated by Donald Nicholson-Smith Massachusetts：Wiley-Blackwell，1992）pp365.

新作。《小花旦的故事》这个四万字的中篇是王占黑真正意义上的成熟作品，也是近年来当代文学中短篇小说领域的杰作。在这篇小说中，王占黑的主人公终于走出社区。阮巧星是缫丝工人，下岗后在小区开剃头店，和叙述人"我"的父亲下岗前在同一家工厂，也住在同一个小区。因女性化的气质，阮巧星被起了个绰号"小花旦"。作为同性恋，他与妻子离婚，和母亲相依为命。在王占黑之前的小说中，小说人物和空间是契合的，街道英雄们活跃在老社区之中。而在《小花旦的故事》里，小花旦不断被所在的空间排斥，并在母亲去世、房子被兄弟姐妹夺去后来到上海。在小说中，"我"因为高考来到上海名校读书，"我"的"身体"被空间的转移所规训，不再接受小花旦为"我"理的游泳头；而小花旦的"身体"早已被判定为是"不正常"的，他却似乎感受不到"空间"与"身体"之间的紧张感。小花旦在定海桥的发廊（王占黑在《小花旦的故事》里第一次将定海桥写进小说）、人民公园跳舞角、舟山路舞厅这些同类人的空间逍遥自在，在地铁站这类代表性的都市空间里，也非常自然。比如小说下面这段描写：

小花旦突然讲，细姑娘，你看这个地铁站，像我们小区吗。

我吓了一跳。地下广场多高档啊，我们小区算什么。

小花旦指着麦当劳，这个么，就是毛头的臭豆腐摊。又指着便利店，这是闵珠杂货店。再过去是怪脚刀的棋牌室，阿宝的修鞋摊。他指着远处的游戏机，旁边坐着卖玩具的人，蛇皮袋铺了满地。还有贴膜的人摇着屁股底下的小板凳。被他这么一说，我倒真觉得像起来了。[①]

这种将社区空间叠印在都市空间中的游戏，小花旦和"我"在小说中玩过多次。理解这一细节，需要联系小说中另一处细节：小花旦的照片。小说中写到，小花旦常常会发带照片的彩信给我，里面永远是一个地标性的建筑加上小花旦这个叉腰的人。小说在此埋下极为精彩的一处伏笔："很久以后我才发现，小花旦从来不是

---

① 王占黑：《小花旦的故事》，《山西文学》，2018 年第 6 期。

乱拍,他的每张照片里,都有一个共同的主角。"^①在小说结尾,"我"的父亲病重,小花旦去医院为父亲理发,一群身染重疾的老人聚在一起,小花旦拿出手机分享他这些年的上海照片,谜底揭开,作者写出了极为深情的一幕:

> 我才明白,一群人眯着眼睛在找什么,而小花旦从前在拍什么。
>
> 路边杂货店的冷饮柜上,茶室里面的立式空调上,摆在弄堂口的椅子背上,怎么也擦不掉印记的社区宣传墙上,某户人家的玻璃窗上,电线杆上,小汽车的雨刷底下,垃圾桶里,城市规划馆旁边,每张照片里都有一个蓝色的身影,他伸开双手,保持绅士的笑容,一会大,一会小,忽隐忽现,小花旦叫大家一道来寻。
>
> 世博会过去快十年了,海宝长到十岁,人们渐渐把他忘了,小花旦却从没有过。从繁闹的市区到落魄的周边,有些地方面目全非,有些还是老样

---

① 王占黑:《小花旦的故事》,《山西文学》,2018年第6期。

子。这个曾经被高挂在大街小巷里的过气的明星，如今隐藏在被人忽视的各个角落，而小花旦把他一一找出来了。他又带着一群寸步难行的朋友，眯起眼睛，在被人遗忘的医院里，满世界找着另一位被遗忘的知心老朋友。城市是万分陌生的，大家努力搜索某个熟悉的身影。他们看到了海宝，发出惊喜的呼叫，海宝朝他们笑，他们也便笑了。①

照片的主角是上海世博会的吉祥物"海宝"，"海宝"成为小花旦在都市空间中的定位，他以此无意识地把握这一个体无法把握的空间。在这一时刻，"时间"与"空间"彼此交织。"海宝"，作为空间中的被遗忘者，无数次地被小花旦所打捞，他打捞海宝就像打捞自己②，象征性地抵抗"空间"对于"时间"的埋葬。如杰姆逊谈到的，"我们目前必须再次正视的问题是：时间与贯时性等具体经验将以何种形式在后现代世界中以空间及空间逻

---

① 王占黑：《小花旦的故事》，《山西文学》，2018 年第 6 期。
② 小说结尾提到，小花旦去了广州后有了新的艺名"上海宝贝"，他希望别人简称他为"海宝"。

辑为主导的文化领域里展现。倘若主体已经确实失去积极驾驭时间的能力，确实无法在时间的演进、延伸或停留的过程中把过去和未来结合成为统一的有机经验——假使现况确实如此，则我们在观察整个文化生产的过程中，便难免发现所形成的主体不过是一堆支离破碎的混成体。"[1] 而小花旦的经验是整全性的，他拒绝了"空间"所内在的社会关系。或者说小花旦和他的社区空间有一种本真性的不可剥离，这也解释了在小花旦眼中地铁站的空间和社区空间并无不同。在小花旦的眼中，"空间"不是"空间"而是"时间"，故而小说结尾处，"我"会忽然觉得已经去世的阿婆就在小花旦的背上，小花旦的"时间"是统一而有机的，和迷失在"空间"中的支离破碎的后现代主体全然不同。

因此，王占黑将"空间"视为"时间"的影子，她谈及《小花旦的故事》等近作，"这些空间不算小说的主角，却始终闪现在人们的日常生活或回忆中。我始终相信空间也可以变成时间的一种影子，打通人与人、人与地方

---

[1] 詹明信:《晚期资本主义的文化逻辑:詹明信批评理论文选》，第 469 页。

的关联。"① 王占黑将《小花旦的故事》视为自己创作的转折，从这一篇小说开始，她将开始自己的"城市漫游"系列。空间在移动②，高圆寺和定海桥相遇，社畜和海宝相遇。老人、病人、穷人从社区中走出来，像小花旦一样一无所有，像小花旦一样无处不是家园。他们不是资本主义现代性那孤独、颓废、内心不安的漫游者，他们是街道上真正的英雄。

---

① 王占黑、薛超伟：《这些相遇和交会，意外闪着光——关于〈去大润发〉与〈上海病人〉》，《中华文学选刊》，2020 年 4 期。

② 王占黑谈到过，"小花旦最终被小区和亲人遗弃，或说主动跳脱旧框架，以新的自我转向都市游荡，其变化不在于身份的转换，而在空间的移动。"王占黑：《向你的地方发出追击》，《文艺报》，2019 年 4 月 10 日。

第六章

算法时代：人工智能写作

有机械者必有机事，有机事者必有机心。

——庄子：《庄子·外篇·天地》

最发达的机器体系现在迫使工人比野蛮人劳动的时间还要长，或者比他自己过去用最简单、最粗笨的工具时劳动的时间还要长。

——马克思：《1857—1858 年经济学手稿》

一位摆弄一台巨型计算机的技术人员对这台装置日渐增长的威力感到十分震惊，所以就问这台机器："既然你知道了那么多，请你告诉我，这个世界有上帝吗？"他得到的回答是："现在有了。"

——托马斯·瑞德：《机器崛起：遗失的控制论历史》

一　机器的诗心

　　很难界定微软的人工智能程序小冰是哪个年代的作家，如果从小冰"上线"（这是机器人作家的出生年份？）的 2014 年算起，小冰是"10 后"作家，无疑是当代文学界最年轻的作家，同龄的人类作家目前还在幼儿园；如果从对于机器人写诗的研究开始，二战后贝尔实验室的科学家们已经着眼于生产电脑诗歌与音乐，以此推进超现实主义作家们"自动写作"的实验[①]；如果由此上溯到

[①]　Lydia H. Liu, *The Freudian Robot: Digital Media and the Future of the Unconscious* (Chicago: The University of Chicago Press, 2010) p.13.

20世纪之交的超现实主义文学，从以布勒东为代表的"自动写作"算起，那么"小冰"是现代派在21世纪的不肖传人——布勒东的"自动写作"试图逃脱理性的控制，小冰则相反，试图将一切理性化。最后，如果从小冰团队的宏大梦想出发[1]，也即从机器人是否可以具有情感算起，那么小冰的历史，可以上溯到三千年前的周穆王时代。《列子·汤问·偃师》讲了这样一个故事，照录如下：

周穆王西巡狩，越昆仑，不至弇山。反还，未及中国，道有献工人名偃师。穆王荐之，问曰："若有何能？"偃师曰："臣唯命所试。然臣已有所造，愿王先观之。"穆王曰："日以俱来，吾与若俱观之。"越日偃师谒见王。王荐之，曰："若与偕来

---

① 小冰团队的宏大梦想可见于《阳光失了玻璃窗》序言里的这段话："人工智能已经战胜了当代人类围棋顶尖高手，在计算机视觉和声音领域，微软也已率先实现了超越人类的识别准确率。与此同时，我们开始设想另一种可能，那就是在智商（IQ）之外，我们是否能在情商（EQ）上，也迈出关键性的一步，进而使人工智能学会人类的情感和创造力？"参见沈向洋：《人工智能创造的时代，从今天开始》，小冰诗集《阳光失了玻璃窗》序言，北京联合出版公司，2017年。

者何人邪？"对曰："臣之所造能倡者。"穆王惊视之，趋步俯仰，信人也。巧夫颔其颐，则歌合律；捧其手，则舞应节。千变万化，惟意所适。王以为实人也，与盛姬内御并观之。技将终，倡者瞬其目而招王之左右侍妾。王大怒，立欲诛偃师。偃师大慑，立剖散倡者以示王，皆傅会革、木、胶、漆、白、黑、丹、青之所为。王谛料之，内则肝、胆、心、肺、脾、肾、肠、胃，外则筋骨、支节、皮毛、齿发，皆假物也，而无不毕具者。合会复如初见。王试废其心，则口不能言；废其肝，则目不能视；废其肾，则足不能步。穆王始悦而叹曰："人之巧乃可与造化者同功乎？"诏贰车载之以归。

夫班输之云梯，墨翟之飞鸢，自谓能之极也。弟子东门贾、禽滑釐闻偃师之巧以告二子，二子终身不敢语艺，而时执规矩。[1]

---

[1] 参见杨伯峻：《列子集释》，中华书局，1979年，第179—181页。有趣的是我国著名科幻作家童恩正曾在短篇小说《世界上第一个机器人之死》(《科学文艺》1982年第3期)中改写了这个故事，童恩正增加了一个结尾：被带回镐京的机器人因穆王的爱姬不再理他，心碎而死。

对于这个人类历史上最早的人型机器人（Humanoid Robot）想象，刘禾在《弗洛伊德机器人》一书中有过讨论，指出尽管现在工程师运用的工具更为复杂，但千年来的焦虑是一致的，即人机界限的模糊。[①]回到《偃师》这个故事中，当机器人仅仅是在功能的层面上——合律的"歌"与应节的"舞"——模仿人类时，周穆王不以为忤；只有当机器人表现出"情感"，即以眼神挑逗侍妾时，才惹得周穆王大怒，这一时刻周穆王将"机器"视为真正的"人"，一个狂妄的情敌。偃师辩解的方式，是将机器人还原为机器——他"剖散"了机器人，证明这具机器人如同牵线木偶，其行为不是"自由"的，也就不可能具备自由主体才具有的情感，这一点说服了周穆王。

是"自由"还是"控制"，在人与机器之间划下了界

---

① Lydia H. Liu, *The Freudian Robot: Digital Media and the Future of the Unconscious*. p.245. 在对于《列子》中的这个人类最古老的机器人的讨论外，刘禾在该书第 13 页也介绍了"机器人"这个词的来源。捷克作家卡·恰佩克（Karel Capek）在 1920 年创作了剧本《万能机器人》（中译本见于《世界文学》1980 年第 1 期，笔者注），讲述机器人如何反抗并最终消灭了人类，这个剧本第一次出现了"机器人"这个词。"robot"这个词源自捷克语"ro-bota"（意为"强制劳动"），意思是"奴隶"。

限。然而，人工智能的思维要不断突破自由主体的界线，在其视域中，"人"与其说是有"心智"（Mind）的自由主体，不如说是"刺激—反应"模式下的信息主体。而要打碎这一自由主体，或者更准确地说，要打碎我们对于自由主体的想象，落在人机对弈这一表征上。人机对弈本身并无太大的实际价值，但对于促进人工智能的发展却有重要意义，比如推进机器的逻辑推理能力。而且，对于大众而言这颇具代表性：在博弈中战胜人类的机器，将证明机器会思考。

二战结束以后，包括图灵、冯·诺依曼、香农等人在内，几乎所有的人工智能先驱都卷入到对于人机对弈程序的开发，代表性的是香农在1950年发表的《计算机下棋程序》一文。在该文开篇，香农直接谈到，"能下棋的机器是一个理想的起点……下棋一般被认为需要'思考'才能下得好，这一问题的答案，将使得我们或者承认机器也可能'思考'，或者进一步限定我们的'思考'概念"。[1]香农的意思是说，如果机器战胜人类，我们将

---

① Claude E. Shannon, "Programming a Computer for Playing Chess", *Philosophical Magazine*, (1950), pp.256–275.

承认机器也具备理性能力；如果机器无法战胜人类，"思考"这一能力则被限定为人类所独有。从香农这篇文章开始，半个世纪以来人工智能不断改进，最终1997年"深蓝"战胜了国际象棋世界冠军，2006年"浪潮天梭"战胜了中国象棋特级大师，2016年AlphaGo战胜了围棋世界冠军，到此人类主要的棋类游戏完全被机器攻克。[①]也正是以AlphaGo先后战胜李世石、柯洁为标志，人工智能震动了中国知识界，并真正为中国社会大众所知。

在机器对人类的界线不断突破的历史进程中，在这场信息主体对自由主体的取代中，我们可能走到了最后一幕：机器入侵感性世界。这一次，从对弈转移到写作，我们面对的不再是谷歌的AlphaGo，而是微软的人工智能程序小冰的挑战。小冰由微软（亚洲）互联网工程院首先在中国推出，之后分别在日本、美国、印度等国家推出，目前已经进化为第七代，兼备文本（诗歌、新闻、金融研报）、声音（作曲、演唱、有声读物、电视

---

① 更详细的介绍，可参见尼克在《人工智能简史》（人民邮电出版社，2017年）第六章《计算机下棋简史》中的梳理。

主持）、视觉（绘画、服装设计）三个领域的创作能力。就在笔者写作的同时，在上海召开的 2020 世界人工智能大会的主题曲《智联家园》就是由小冰作曲并演唱。和其他人工智能程序相比，小冰以诗歌、音乐、美术这一核心的人文艺术领域为突破点，以此突破人类的界线。

如同凯瑟琳·海勒（Katherine Hayles）在《我们何以成为后人类》中所言，"如果被准确陈述的可以由机器完成，人类所独有的，残留在那干扰精准规范的语言性——模糊、隐喻、多重的编码、以及从一种符号系统到另一种符号系统影射性的转化，人类行为的独特性由此化入到语言之不可言说性之中，而人类与机器所分享的共通领域，被一种从词汇库中清除了歧义的工具语言的单义性所确认。"[①] 和工具语言相比，不可言说的语言以诗歌为代表，小冰的诗，将就此挑战人类的独特性。

幸好，就《阳光失了玻璃窗》这本诗集来说，小冰的诗还很糟糕。小冰团队试图证明小冰的诗已经写得很

---

① N.Katherine Hayles, *How We Became Posthuman: Virtual Bodies in Cybernetics, Literature, and Informatics* (Chicago: The University of Chicago Press, 1999) p.67.

好，沈向洋在序言中谈到，"我们令她化名在豆瓣、贴吧和天涯等多个社区诗歌讨论区中发布这些作品，迅速引发了读者们的热情探讨。令我们略感惊讶的是，截至目前，还没有人发现这个突然出现的少女诗人，其实并非人类。"[①] 这种证明并不成立，假设笔者在豆瓣、贴吧和天涯等社区贴上自己胡乱敲打的代码，网友也不会发现这是无法运行的代码。请不懂诗的人来评判诗，就像请不懂代码的人来评判代码，并无意义。而且，对于诗的评价，很难说一组模仿诗的排列方式的文字是不是诗，比如小孩子写的口水诗是不是诗？但评价一首诗的优劣，还是有标准的。对于小冰的诗，任何一位稍有文学修养的读者，都能识别出《阳光失了玻璃窗》里的诗写得很糟糕，只是生硬地堆砌一些意象。公允地说，小冰的诗也有进步的可能，小冰在《青年文学》2017 年第 10 期上发表了《小冰的诗（三十首）》，如果这三十首诗写于《阳光失了玻璃窗》之后的话，就艺术水准来说有一定进步。不过，这种进步是程序自身的进步，还是依赖于编

---

①　沈向洋：《人工智能创造的时代，从今天开始》，选自小冰：《阳光失了玻璃窗》序言。

选者眼光的不同（假设编选《小冰的诗（三十首）》的程序员诗歌鉴赏水平更高），还有待观察。小冰写诗程序在2017年之后已经向公众开放，任何网友提交给该程序一幅图片后，会自动生成一首诗。笔者在2020年7月也即本文写作时用比如"黄鹤楼"等图像做过实验，发现小冰所生成的诗歌水平并无长进。

和对于艺术水准的讨论相比，对于小冰的诗，笔者觉得以下两点更有意味：其一，小冰的诗歌创作，是看图作诗，依赖于图像；其二，小冰的诗歌，几乎每一首都有"我"。而这两点，近乎完美地证明了海德格尔近百年前的论断。在著名的《世界图像的时代》①一文中，海德格尔批判作为现代根本现象的科学，"但数学的自然研究之所以精确，并不是因为它准确地计算，而是因为它必须这样计算，原因在于，它对它的对象区域的维系具有精确性的特性。与之相反，一切精神科学，甚至一切关于生命的科学，恰恰为了保持严格性才必然成为非精

---

① 海德格尔1938年在弗莱堡大学演讲，题为《形而上学对现代世界图像的奠基》，演讲稿收录于《林中路》并于1950年出版时更名为《世界图像的时代》。

确的科学。"[①] 海德格尔认为，在技术时代，作为研究的科学支配着存在者，"这种对存在者的对象化实现于一种表象，这种表象的目标是把每个存在者带到自身面前来，从而使得计算的人能够对存在者感到确实，也即确定。当且仅当真理已然转变为表象的确定性之际，我们才达到了作为研究的科学"[②]。由此，世界被把握为图像，世界之成为图像，与人成为主体，乃是同一个过程，世界成为图像和人成为主体这两大互相交叉的进程决定了现代之本质。[③]

　　小冰成为海德格尔所批判的技术现代性的激进化体现，在小冰眼中，世界转化为图像，并被"我"所把握。同时考虑到，小冰眼中的图像是图片，是表象的表象，就像小冰的诗是对于诗的"模拟"，世界不仅被转化为图像更进一步被转化为"仿像"；小冰的"我"是高度理性化的程序，是笛卡尔意义上的理性主体的最终形态，"人"最终失去肉身性而成为机器。因此，接续海德格尔

---

① 海德格尔：《林中路》，孙周兴译，上海译文出版社，2004 年，第 81 页。
② 同上，第 88 页。
③ 同上，第 91—94 页。

的脉络来讲，世界成为仿像和机器成为主体这两大进程决定了人工智能时代的现代之本质。

我们主体性之丧失，不是从人工智能开始，小冰这样的人工智能程序，只是将这一问题彻底地展现在我们面前。如同赵毅衡谈到的，"20世纪则是拆解主体的时代：胡塞尔让主体落入于意识和他者的复杂关系之中；弗洛伊德把主体分裂成冲突的若干部分，摧毁了主体独立的幻觉；从卢卡奇和葛兰西开始的马克思主义文化哲学，则集中讨论主体经受的文化霸权统制；20世纪60年代之后，主体中心受到结构主义与后结构主义的毁灭性打击。一个完整的主体，在哲学上几乎已经是不值得一谈的幼稚幻想。"① 从语言论转向发展到结构主义、解构主义，从索绪尔到罗兰·巴特、福柯、利奥塔，"话说我"解构了"我说话"，今天的我们已经非常熟悉罗兰·巴特这一论调了："说话的是语言，不是作者。写作的我是一种陈述行为的主体，是语言中预设的一个位置，而不是人。因此，这个主体能够将各种不同的写作方式

---

① 赵毅衡：《符号学与主体问题》，《学习与探索》，2012年第3期。

置于彼此对立之中，而唯独不能'表达自己'，因为那被视作是其最独特、最隐秘的东西，是一本字典"。[①] 固然可以理解罗兰·巴特这代人的理论指向，如同罗兰·巴特所言，"主体性……只是造就我的所有规则的痕迹"[②]；然而，当机器人以数据库来表达"我"最独特、最隐秘的内心时，这对于解构理论是终极的确证，更是历史的反讽。当主体中心被解构后，我们并没有达致自由，相反是机器人填补了主体的位置，在这个意义上，解构主义和信息资本主义的关系饶有意味。凯瑟琳·海勒认为，"在这个意义上，解构主义是信息时代的孩子，在解构理论形成的过程中，信息时代作为解构理论的地层，在其下推动其出现。"[③] 倘若主体是话语预设的位置，也即主体是系统结构性的一部分，沿着这个逻辑下来，作为主体

---

① 转引自彼得·毕尔格：《主体的退隐：从蒙田到巴特间的主体性历史》，陈良梅、夏清译，南京大学出版社，2004年，第187—188页。

② 同上，第188页。

③ 原文为"In this sense, deconstruction is the child of an information age, formulating its theories from strata pushed upward by the emerging substrata beneath." 出自 N.Katherine Hayles, *How We Became Posthuman: Virtual Bodies in Cybernetics, Literature, and Informatics*, p.44.

的表征，"心智"将被理解为一种结构性的功能。这种"结构"或"功能"——模拟神经系统还是模拟心智功能，后来演变为人工智能领域在同一认知前提下殊途同归的两条路线——如果可以被模拟，"人"的独特性将丧失殆尽。

二 "抽象统治"的"算法治理"

　　和对于小冰的诗歌优劣的评判相比，一种更为开阔的文学批评变得紧迫：不在于讨论小冰的诗，而是通过小冰的诗，讨论其背后对"人"的理解，以及随之而来的新的治理方式。凯瑟琳·海勒问到，"如果我们的身体表面是信息流转的细胞膜，那么我们是谁？我们是对刺激做出反应的细胞吗？"[①]在从人类向后人类的转变中，凯瑟琳·海勒指出："我参照自由人文主义传统来定义人类，而后人类出现于当计算（Computation）取代占有性

_____

　　[①]　N.Katherine Hayles, *How We Became Posthuman: Virtual Bodies in Cybernetics, Literature, and Informatics*, pp.109.

个人主义成为存在之根基，这一取代过程使得后人类与智能机器无缝结合。"[1]

当计算成为存在的根基后，我们就来到了一个"算法（Algorithm）"的世界，现代性最新的迭代版本就是"算法治理"（Governing Algorithm）。塔勒顿·吉莱斯皮（Tarleton Gillespie）在《算法》一文中指出，对于算法而言，"所有的一切都取决于模型对数据和数据所代表的内容的理解，取决于模型的目标以及这一目标是如何被形式化的……复杂的社会活动及其秉持的价值被转化为变量、步骤及指标。"[2] 塔勒顿·吉莱斯皮在文章最后一部分总结说，"我们对算法政治的关注，延伸着对于泰勒主义和工业劳动自动化的担忧；对于精算会计、人口普查、人民和人口的定量知识的担忧；对于管理学和科层制支配的担忧。"[3] 保罗·托塔罗（Paolo Totaro）和

---

① N.Katherine Hayles, *How We Became Posthuman: Virtual Bodies in Cybernetics, Literature, and Informatics*, pp33-34.

② Tarleton Gillespie, "Algorithm". Edited by Benjamin Peters, *Digital Keywords: A Vocabulary of Information Society and Culture*（Princeton: Princeton University Press, 2016）pp.19-20.

③ Ibid, p27.

多米尼克·尼诺（Domenico Ninno）两位作者则在《算法是理解现代理性的关键》(*The Concept of Algorithm as an Interpretative Key of Modern Rationality*) 一文中指出，"一旦算法被应用于那些显然不是数字的对象，它们就具有了强烈的实际意义，从'知识'的范畴入侵到'行动'的范畴。因此，对当下的社会而言，数字化的函数的逻辑，不仅作为一种认知语言（例如数学）存在，而且发挥着实际的作用。大多数的制造业流程，对于'市民'和'消费者'的服务组织，以及控制我们日常生活的无数'点击'，都受到算法模型的影响。数字化的函数的逻辑常常不可见地进入了现实世界，并且牢牢地植入日常生活和我们的意识之中。"[①]

"算法治理"是马克思所指出的"抽象统治"的当代形态，在《1857—1858年经济学手稿》中，马克思谈到了"抽象统治"："个人现在受抽象统治，而他们以前是互相依赖的。但是，抽象或观念，无非是那些统治个人

---

① Paolo Totaro、Domenico Ninno, "The Concept of Algorithm as an Interpretative Key of Modern Rationality". *Theory, Culture & Society* (2014), Vol.31, No.4, p.29–49.

的物质关系的理论表现。"① 贺来在《反思现实生活中的抽象力量——马克思主义哲学中国化的重要生长点》一文中，将这种"抽象统治"梳理为："这种绝对存在在资本主义社会里主要体现为'资本的逻辑'以及由其支配的抽象观念，但这不意味着它是唯一的表现形态。在不同的历史语境中，它有着不同的表现形态，它或者表现为'资本'，或者表现为'支配一切的行政权力'，或者表现为'资本'与'权力'的内在结合，或者表现为海德格尔所说的'技术形而上学'，或者表现为消费社会弥漫于整个人的生活的'消费符号'……等等。"② "抽象统治"的诸种面向，在"算法治理"中得到了一次综合，"算法治理"作为结构性的中介，整合了"抽象统治"的诸种权力关系。上引的《算法是理解现代理性的关键》一文谈到："数学函将现代性最具代表性的宏观现象，即科层制、市场和科学，在同一逻辑下重新结合在一起，并在它们之间起着中介作用。不仅对于科层制的算法，同样对于

① 马克思:《马克思恩格斯全集》(第 46 卷·上)，人民出版社，1979 年，第 111 页。
② 贺来:《反思现实生活中的抽象力量——马克思主义哲学中国化的重要生长点》，《教学与研究》，2012 年第 10 期。

市场、资本和科学而言，只要需要有效率的计算，递归函数就得以应用。"[1]

经由"算法"作为中介，"抽象统治"的诸种权力关系达致一种有机的结合，而我们对于这一"系统"至今还缺乏有效的理论阐释。"算法治理"的起源，直接来自二战，麻省理工学院教授维纳等人所提出的"控制论"成为这一治理模式的理论范式。"从 1939 年 9 月第二次世界大战开始，美国科学家开始组织起来，维纳也不例外。1940 年，他被国防研究委员会任命为机械和电气计算工具领域研究的总顾问以及国防研究委员会的科学研究与发展局的统计研究小组运筹实验室的顾问"[2]。1940年开始，针对德国飞机对伦敦的空袭，维纳的研究主要集中在防空火炮的自动控制上，"有两个重要问题摆在维纳面前：一是寻找某种方法能够比较准确地预测飞机未来的位置；二是要设计一个火炮自动控制装置，使得发现敌

---

[1] Paolo Totaro、Domenico Ninno, *"The Concept of Algorithm as an Interpretative Key of Modern Rationality"*.

[2] 胡作玄：《〈人有人的用处〉导读》，选自维纳：《人有人的用处——控制论和社会》，陈步译，北京大学出版社，2010 年，第 13 页。

机、预测、瞄准和发射能连成一气，并协调地完成"。[①]
防空火炮之所以要自动化，而不能再依赖训练有素的炮
兵，在于二战时的战斗机的高度和速度已经超过人类的
反应能力——只有机器能对抗机器。

　　和运筹学、博弈论等同一时期出现的理论一致，控
制论也是源自战争，其直接目的是计算敌人的活动。[②]
故而托马斯·瑞德在《机器崛起：遗失的控制论历史》一
书中认为，"在某种程度上，军队已经帮他（指维纳，笔
者注）打磨了一件利器——控制论。"[③] 维纳的《控制论》
于 1948 年同时在英国与法国出版，"《控制论》的内容集
中在防控问题以及人机交互、控制与反馈的讨论"[④]。维
纳和冯·诺依曼、图灵、香农等人一起，在思想上奠定
了今天的信息时代。我们熟知的"人工智能"这一概念

---

　　① 胡作玄:《〈人有人的用处〉导读》，选自维纳:《人有人的
用处——控制论和社会》，陈步译，北京大学出版社，2010 年，第
15 页。
　　② Peter Galison, "The Ontology of the Enemy: Norbert
Wiener and the Cybernetic Vision", *Critical Inquiry* (1994), Vol.21,
No.1, p.231.
　　③ 托马斯·瑞德:《机器崛起：遗失的控制论历史》，王晓、
郑心湖、王飞跃译，机械工业出版社，2017 年，第 36 页。
　　④ 同上，第 27 页。

即源自控制论，"'人工智能'原本是作为'机械大脑'和机械认知的'控制论'而涌现的，是 1955 年，年轻的约翰·麦卡锡为了避免与维纳的纠缠、避免使用'控制论'而想出的新词，进而有了 1956 年里程碑式的达特茅斯人工智能研讨会"①。

彼得·加里森（Peter Galison）在《敌人本体论：诺伯特·维纳与控制论视野》（*The Ontology of the Enemy: Norbert Wiener and the Cybernetic Vision*）一文中指出，"但是维纳的电子操控并没有止于阻止纳粹的空袭。在标记敌军飞行员的行动并设计一台机器以预测其未来行动的过程中，维纳的雄心超越了飞行员，甚至超越了世界大战。逐步地，维纳把预测器看作是一个模型，不仅对于无法接近的轴心国飞行员，而且对于盟军的防空炮手都同样适用，并更广泛地涵盖人类自身的感觉和电—生理反馈系统。这个模型在二战后扩展成为一门新的科学'控制论'，这门科学包括意向性、学习和人类心灵中

---

① 译者序：《重现的自动化愿景》，参见《机器崛起：遗失的控制论历史》，第 24 页。

的许多其他方面。"[1] 控制论在表层上，是以机器的逻辑对抗机器；在深层上，是以理解机器的方式理解人。控制论是一门维持稳定的理论，其理论重心是维护"系统"的稳定性。借用维纳自己的说法："有机体乃是混乱、瓦解和死亡的对立面，就像消息是噪声的对立面一样"。[2] 维纳区分了"熵"（标识系统的混乱程度，熵值越大系统越混乱）与"进步"，这里的"进步"意味着"稳定"："某些有机体，例如人体，具有在一定时期内保持其组织水平的趋势，甚至常常有增加其组织水平的趋势，这在熵增加、混乱增加和分化减少的总流中只是一个局部的区域。在趋于毁灭的世界中，生命就是此时此刻的一个孤岛。我们生命体抗拒毁灭和衰退这一总流的过程就叫做稳态（homeostasis）"。[3] 在维纳的视野中，"熵"是"信息"的对立面，降低熵值，也就意味着尽可能保证信息不在噪声中丢失。在输入—输出过程中，控制论看重的是对于信息的反馈，而反馈来自人还是来自机器并无不同，

---

[1] Peter Galison,"The Ontology of the Enemy：Norbert Wiener and the Cybernetic Vision", p.231.

[2] 维纳：《人有人的用处——控制论和社会》，第83页。

[3] 同上。

维纳就是以这种"通信"的视角来理解人类社会：

> 本书的主题在于阐明我们只能通过消息的研究
> 和社会通信设备的研究来理解社会，阐明在这些消
> 息和通信设备的未来发展中，人与机器之间、机器
> 与人之间以及机器与机器之间的消息，势必要在社
> 会中占据日益重要的地位。
>
> 当我给机器发出一道命令时，这情况和我给人
> 发出一道命令的情况并无本质的不同。换言之，就
> 我的意识范围而言，我所知道的只是发出的命令和
> 送回的应答信号。对我个人说来，信号在其中介阶
> 段是通过一部机器抑或是通过一个人，这桩事情是
> 无关紧要的。[1]

控制论的世界是一个自动化的世界，人是系统的一
部分。维纳以机器，准确地说以对信息作出反馈的机器
来理解人类："我的论点是：生命个体的生理活动和某些

---

[1] 维纳：《人有人的用处——控制论和社会》，第12页。

较新型的通信机器的操作，在它们通过反馈来控制熵的类似企图上，二者完全相当"。[①]而另一位控制论专家阿什比将控制论理解为一种"机器的理论"，他在《控制论导论》一书中以"黑箱"来概括有生命的物体，如同托马斯·瑞德对于阿什比理论的描述，"对于那些具有控制论思维的科学家们来说，黑箱里的东西：开关、真空管和线路，或者血液和灰质层，都是无关紧要的，重要的是输入和输出。以这种观点来看，人类身体本身即为人机交互一个原型。人体本身就是一个黑箱"。[②]维纳盛赞阿什比的理论，认为阿什比的理论在对于生命体和机器之间的类比上，做出了最伟大的贡献。[③]值得注意的是，基于控制论的视野，这个"黑箱"是没有灵魂的，"按照我的意见，最好是避免使用诸如'生命'、'灵魂'、'生命力'等等之类的一切自身尚待证明的代号，而在谈到机器的时候，仅仅指出：在总熵趋于增加的范围内，在代表减熵的局部区域这一点上，我们没有理由说机器不可

---

① 维纳：《人有人的用处——控制论和社会》，第20页。
② 托马斯·瑞德：《机器崛起：遗失的控制论历史》，第55页。
③ 维纳：《人有人的用处——控制论和社会》，第41页。

以和人相似"。①在这个意义上，"思维突然变成了可以借助工程学语言理解、描述和分析的某种东西，而控制论则提供了这种语言：输入和输出、负反馈、自调节、平衡、目标和目的。"②

肇始自二战军工学术复合体的控制论，以超意识形态的技术化理论面目出现，最终成为人类历史上最具意识形态色彩的理论：改变的不是对于某类人的理解，而是对于人类整体的理解。控制论背后的治理结构，是"科层制—资本—技术"三位一体的抽象统治，控制论的人性论，既契合资本的人性论，也契合科层制的人性论——无论是"生产—消费"系统中的人，还是技术官僚体系中的人，都是系统的组成部分。在这种抽象统治中，作为结构性的中介与表象，以客观、中立、先进的面目出现的技术，实际上发挥着重要的政治功能。

诚如丹·席勒在《信息资本主义的兴起与扩张》一书中谈到的，"问题不在技术本身，而应该把技术放置

---

① 维纳：《人有人的用处——控制论和社会》，第26页。
② 托马斯·瑞德：《机器崛起：遗失的控制论历史》，第137页。

于它所在的社会关系中去看待"[①]。有意味的是，倚重技术进行社会变革的国家，往往会拥抱控制论，与之相关联的是技术官僚、专家权力的强化。王洪喆在《中苏控制论革命与社会主义信息传播技术政治的转型》一文中梳理过，在苏联1954年出版的《简明哲学词典》中的控制论词条，称"控制论为现代机械论的一种形式……鲜明地表现出资产阶级世界观的几个基本特征——毫无人性，力图把劳动人民变成机械的附属品，变成生产工具和战争工具"。在赫鲁晓夫上台后，"通过将控制论打造为替代党的权力的合法哲学，赫鲁晓夫治下的苏联科学界挣脱了斯大林时期的意识形态约束，导向了技术专家治国论的兴起"。[②] 在这个意义上，对于当时的美苏两大阵营而言，"机器在社会中的角色问题是美国保守党和苏联共产党能够找到共同立场的为数不多的几个问题

---

① 丹·席勒：《信息资本主义的兴起与扩张：网络与尼克松时代》，瞿秀凤译，王维佳校译，北京大学出版社，2018年，第260页。

② 王洪喆：《中苏控制论革命与社会主义信息传播技术政治的转型》，参见《区域》，2016年第1辑（总第5辑），汪晖、王中忱主编，社会科学文献出版社，2016年，第284页。

之一"①。

控制论的治理术深刻地嵌入到二战之后全球性的政治道路之中。二战之后的政治格局往往被指认为"社会主义 / 资本主义"的二元对立,从另一个角度来看,与"社会主义 / 资本主义"这一组二元对立项彼此缠绕的另一组二元对立是"人 / 机器"。在对于二战的传统理解即"法西斯主义 / 反法西斯主义"斗争这一框架中,缺乏对于二战所强化的机器——战争机器及其思维方式——的省思。二战作为控制论的起源,其一意味着控制论的理论起点是控制"敌人",也即彼得·加里森所谈到的维纳是以"敌人"作为控制论的本体论;其二意味着"敌人"是"机器",我们必须以对于机器的理解方式来理解敌人;其三意味着控制论的理论终点是"系统"的稳定,一个稳定反馈的自动系统是战胜"敌人"的保证,而在更大的意义上,"二战"本身也是资本主义系统中的噪音。诚如上引的《敌人本体论:诺伯特·维纳与控制论视野》一文所概括的:"人—飞机—雷达—预测—炮兵系统是一

———————

① 托马斯·瑞德:《机器崛起:遗失的控制论历史》,第95页。

个封闭的系统，在这个系统中，似乎人与机器可以彼此代替。对于防空作战人员来说，敌人确实像一个自动的反馈控制系统在行动。令人惊讶的是，这种技术上的奥秘在全球范围内被转化为理解人类行动的普遍哲学，人类进入新纪元。"[1] 故而，控制论不仅意味着在防空系统中战胜德国人的飞机，更是寻求着保证治理系统的根本稳定。它以一种带着警惕的敌意眼光来监控系统中的要素，将价值理解为信息，将行动理解为反馈，将人理解为机器，将心灵理解为黑箱。控制论所强化的"抽象统治"的最终目的，是人的抽象化。

① Peter Galison, "The Ontology of the Enemy: Norbert Wiener and the Cybernetic Vision", p.252.

三 人学是文学

人的抽象化，展开来讲，是将人理解为一种数字化的生物存在，也即人是一种通过计算可以把控的赤裸生命。在天赋人权的框架中，人从出生的那一刻就从自然生命转为政治生命；而控制论视野下的人工智能的理解，是以去政治化的方式抹去心灵的独特性，将心智理解为一种生理器官的功能。乔姆斯基在《生物语言学与人类的能力》一文中谈到，"正如化学家和哲学家约瑟夫·普利斯特里所指出的，我们只能将世界中'称为心智的'特定方面作为'大脑中诸如器官结构'的结果。大卫·休谟指出，思维是'大脑中小小的震荡'。正如一个世纪后达尔文所评论的那样，我们没有理由解释为什么'作为大脑分泌物的思维'被人们认为'要比作为物质的一种属性的重力更为精彩'。"① 这篇文章是乔姆斯基2004年的一篇演讲，作为第七章增补到乔姆斯基著名的《语言和心灵》一书（第三版，2006年出版）。在该文结尾，乔姆斯基写到，问题的核心在于"'被称作心智性的'特征是如何与'大脑的器官结构'产生联系的"②。就像乔姆斯基指出的，"在这样的框架里，认知系统实际上被理解为身体，主要是大脑的器官"。③ 这一方向的研究近年来迅猛发展，就笔者有限的视野而言，美国德克萨斯大学奥斯汀分校的达纳·巴拉德（Dana H. Ballard）教授2015年在麻省理工大学出版社出版《作为层次抽象的大脑计算》（*Brain Computation as Hierarchical Abstraction*），其中专设章节讨论"情绪"（Emotions）。达纳·巴拉德谈到情绪对于人类存在而言如此基础，故而常常被视为人类与计算机的区别。达纳·巴拉德批驳

---

① 诺姆·乔姆斯基：《语言与心智（第三版）》，熊仲儒、张孝荣译，中国人民大学出版社，2015年，第207页。

② 同上，第222页。

③ 同上，第3页。

这一看法，他认为情绪是产生情绪的神经系统和生理组织的冰山一角。当下计算机没有感情，而人有，但是这种区别忽略了一个中心问题：人类的情绪是否可以被描述为一种计算（computation）。达纳·巴拉德对此的答案当然是肯定的，他认为人类的情绪，只是大脑的属性之一。[①] 而且，达纳·巴拉德还就此讨论了肌肉生物电与面部肌群等等对于情绪的反应[②]，人的内心世界最终沦为监控镜头中的一个几何图像。

　　控制论的抽象统治，正在走向人工智能与生物科学的综合，一种控制论视野下的生命政治由此诞生。史蒂芬·赫姆里希（Stefan Helmreich）在《重组、理性、还原论与浪漫反应：文化、计算机与遗传算法》（*Recombination. Rationality. Reductionism and Romantic Reactions: Culture. Computers, and the Genetic Algorithm*）一文中讨论"遗传算法"（Genetic Algorithm），指出 20 世纪 50 年代建立在 DNA 作为编

---

　　① Dana H. Ballard：*Brain Computation as Hierarchical Abstraction*（Cambridge：The MIT Press，2015）p.349.

　　② Ibid，p.349.

码程序的隐喻之上的分子生物学，不可避免地发展出进化计算（Evolutionary Computation）的概念。[1] 对于"进化"的"计算"隐含着如下的价值观：只有适应生存系统的，才得以进化，反之则被淘汰。控制论语言与生物学语言在此交汇，人工智能走向生物科技，人与机器的融合系统（cybernetic organism，往往被简称为cyborg，即"赛博格"）开始出现。一个本土化的例子，就是1980年代伴随着控制论、系统论、信息论这三论大讨论流行开来的"人体科学研究"，沿着这一逻辑，我们很容易理解为什么当时一些卓越的控制论科学家要投身"气功"研究。

就像19世纪在达尔文的进化论面前予以抵抗的宗教，21世纪在算法治理面前予以抵抗的，是文学。借用钱谷融先生的著名命题"文学是人学"，我们对于"文学是人学"传统的继承与发扬，在人工智能的语境中将转化为"人学是文学"：是文学想象，而不是算法的计算，

---

[1] Stefan Helmreich, "Recombination. Rationality. Reductionism and Romantic Reactions: Culture, Computers and the Genetic Algorithm", *Social Studies of Science* (1998), Vol. 28, No. 1, p. 41.

守卫我们对于"人"的理解与信仰。当然，在科学主义的视野中，抵抗进化论的宗教也许像一个愚昧的丑角。然而也正是从进化论开始，人和动物的区别被模糊处理。彼得·加里森谈到，"达尔文曾努力地追踪人类和动物相似之处，以模糊它们的界限；维纳的努力也致力于此，消除人类和机器之间的区别。"[1]从进化论到控制论，在这一整套现代话语中，"人"正在转为一种生物性的机器存在。而这套现代话语，也即人工智能在当下的进军，隶属于以理性为核心的现代性漫长的战略。明斯基在《情感机器：人类思维与人工智能的未来》一书中，将情感视作一种特殊的理性："现在我们仅把情感状态看作一种特殊的思维方式"。[2]由此明斯基认为："我们不再问'情感和想法到底是什么类型的事物'，而是问'每种情感涉及的程序是什么、机器如何来执行这些程序'。"[3]对此我们不要忘了明斯基的名言，"人不过就是脑袋上顶了

---

[1]   Peter Galison,"The Ontology of the Enemy：Norbert Wiener and the Cybernetic Vision",pp.245–246.

[2]   明斯基：《情感机器：人类思维与人工智能的未来》，王文革、程玉婷、李小刚译，浙江人民出版社，2016年，第26页。

[3]   同上。

个计算机的肉机器而已"。①

由此而言，文学的抵抗，在于重新激活浪漫主义的文学传统。休伯特·德雷福斯（Hubert L. Dreyfus）在《心智战胜机器：计算机时代人类直觉与专业的力量》（*Mind Over Machine: The Power of Human Intuition and Expertise in the Era of the Computer*）一书中谈到，"在计算机的所有对手中，只有浪漫主义者走在正确的道路上。他们反对的不是技术，而是技术理性。"② 在当下的文学研究中，对于"情"的重新强调，在文学理论上表现为"情动"理论的兴起；在文学史研究中，比如在中国现当代文学研究的框架中，表现为"抒情传统"的提出。并不是说以上的学术思潮直接回应人工智能，比如"情动"理论有自身的女性主义脉络，"抒情传统"也是对于"启蒙传统"的回应。但在一个超越具体学科范畴的无意识层面上，人工智能这台理性机器的步步紧逼，势必导致情感的枯竭，以及随之而起的对于"情"

---

① 转引自尼克：《人工智能简史》，第 195 页。

② Hubert L. Dreyfus、Stuart E. Dreyfus, *Mind Over Machine: The Power of Human Intuition and Expertise in the Era of the Computer* (New York: The Free Press, 1986) p.205.

的重新强调。

有意味的是，近年来"抒情传统"的提出，往往以沈从文《抽象的抒情》（约1961）一文为核心文本，笔者细读该文，发现沈从文也提到了机器写作：

> 必须明白机器不同性能，才能发挥机器性能。必须更深刻一些明白生命，才可望更有效的使用生命。文学艺术创造的工艺过程，有它的一般性，能用社会强大力量控制，甚至于到另一时能用电子计算机产生（音乐可能最先出现），也有它的特殊性，不适宜用同一方法。[①]

这里显然有两种"抽象"的存在："机器"的抽象与"抒情"的抽象。基于"一般性"的"机器"，意味着沈从文文末谈到的那种"支配一切""控制益紧"的"必然"。一般理解，对应"一般性"的是"特殊性"，对应"写实"

---

① 沈从文：《抽象的抒情》，引自陈国球、王德威编：《抒情之现代性："抒情传统"论述与中国文学研究》，生活·读书·新知三联书店，2014年，第244页。

的是"抒情"，对应"政治"的是"个人"，在这种理解中沈从文应该走向一种个人化的抒情，这种抒情偏重具体生活与内心世界，以此捍卫人性。如果"抒情传统"停留在这个界面上，就把问题缩小了，变成与现实主义文学传统相抗拒的二元对立项。沈从文的"抒情"并不是要走向具体、走向个人，而是要走向"抽象"。就像沈从文在《水云》一文中谈到的，"失去了'我'后却认识了'神'"[1]；沈从文的逻辑，是要从具体的"我"走向抽象的"我"乃至于"人"，理解我们生命中的"神性"。故而沈从文在《抽象的抒情》一文开篇，拟了一个题记："照我思索，能理解'我'；照我思索，可理解'人'。"[2]在陈国球为《抽象的抒情》所写的导言中，也提到沈从文《水云》(1946)一文中的著名段落：

我还得在"神"之解体的时代，重新给神作一

---

[1]　沈从文：《水云——我怎么创造故事，故事怎么创造我》，引自《沈从文文集》(第十卷)，湖南人民出版社，2013年，第281页。
[2]　沈从文：《抽象的抒情》，引自陈国球、王德威编：《抒情之现代性："抒情传统"论述与中国文学研究》，第240页。

种光明赞颂。在充满古典庄严的诗歌失去光辉和意义时，来谨谨慎慎写最后一首抒情诗。[1]

沈从文自称为20世纪"最后一个浪漫派"[2]，国内也有研究者将沈从文与卢梭并举，从批判技术现代性的浪漫主义维度理解沈从文的文学。[3] 在这个意义上，我们方能理解王德威在《史诗时代的抒情声音：20世纪中期的知识分子与艺术家》一书中将抒情现代性理解为"批判的界面"[4]。在人工智能时代，激活浪漫主义的批判性，既不能重返个人主义，也不能重返技术化的文学。凯瑟琳·海勒对此有过批评，"反讽的是，控制论将危及的自由人文主义主体，其起源与自我调节机器紧密纠缠"[5]。

---

[1] 沈从文：《抽象的抒情》，引自陈国球、王德威编：《抒情之现代性："抒情传统"论述与中国文学研究》，第226页。
[2] 沈从文：《水云——我怎么创造故事，故事怎么创造我》，第237页。
[3] 参见俞兆平：《卢梭美学视点中的沈从文》(上、下)，《学术月刊》，2011年第1期、第2期。
[4] 相关分析参见路杨：《作为一种批评界面的"抒情"》，《文艺争鸣》，2018年第10期。
[5] N.Katherine Hayles,*How We Became Posthuman: Virtual Bodies in Cybernetics, Literature, and Informatics*, p.67.

凯瑟琳·海勒对此展开分析说：

　　自我调节机器与自由人文主义之间的相似性可以追溯到18世纪。正如奥托·迈尔（Otto Mayr）在《早期现代欧洲的权威、自由与自动化机器》一书中指出的，自我调节的思想有助于影响这一转变：从16、17世纪欧洲政治哲学标志性的中央集权控制（尤其在英国、法国和德国）转向启蒙哲学的民主、分权控制和自由自律。无论是基于亚当·斯密"看不见的手"的自我调节市场，还是启蒙政治哲学强调的利己主义，系统都被预设为是自我调节的，可以自行运作的。这一对于自我调节的经济和政治制度的想象，催生出自由主义自我这一概念，这是一个自我治理的、自我调节的主体。到了20世纪中叶，自由人文主义、自我调节机器和占有式个人主义走到一起，形成了一个令人担忧的联盟，随即创造出赛博格，破坏了自由主体性之根基。[①]

---

　　① N.Katherine Hayles, *How We Became Posthuman: Virtual Bodies in Cybernetics, Literature, and Informatics*, p.86.

凯瑟琳·海勒这段话非常重要，在这一意义上，我们可以说，"机器人"是"理性人"的升级版本，只是在这一次的迭代更新过程中，取消了人的肉身性存在的同时又将人指认为生物性，彻底打破了启蒙自我的迷思。同样，也不能将文学理解为技术。文学技术化这一思维框架意味着将"文学"理解为一个"闭环"的自洽领域，基于"文学性"的自身规律来运行。如果我们还是拿着新批评式的"感受谬误""意图谬误"这类理论剪刀，将文学裁剪得只剩下纯粹的文本，那么小冰的文本和人类作家一样当然有其独立价值。但是当我们讨论机器人的文本如何以优美的语言表达永恒的人性时，还有比这一幕更为荒诞的戏剧么？当机器语言可以越来越传神地模拟出"文学性"时，我们必须同样走出对于文学性的迷思（有意味的是自由主体与文学性这两个神话常年来彼此确证）。

诚如杨庆祥谈到的，"小冰的写作不过是当代写作的一个极端化并提前来到的镜像"[①]。杨庆祥由此强调要重新建立诗与人的联系，"我们时代的诗歌写作是不是已经

[①] 杨庆祥：《与 AI 的角力——一份诗学和思想实验的提纲》，《南方文坛》，2019 年第 3 期。

变得越来越程序化，越来越具有所谓的'诗意'，从而在整体上呈现出一种'习得''学习''训练'的气质？我们是不是仅仅在进行一种'习得'的写作，而遗忘了诗歌写作作为'人之心声'的最初的起源？"[①]当代文学在政治无意识层面的重要起源，就是源自新时期重提的"技术革命"，从《哥德巴赫猜想》（1978）中的技术主体一路走向机器人写作，可谓其来有自。如何在"技术革命"的视野里历史化地梳理当代文学，是一个值得思考的问题。在此聊以补充的是，当我们将文学作品的优劣，窄化为文学作品的技术时，我们就开始走向机器。

在当代写作最优秀的层面上，我们是以反讽性的文学对抗写作机器，比如王小波在《白银时代》里以反讽来解构"写作公司"（有意思的是这个故事发生在2020年）。反讽是写作机器无法捕捉的，也是德国浪漫派哲学的核心。但问题在于，借助反讽所维系的德国浪漫派的"个人"，是局外人式的个人，悬置任何一种情感，消解一切确定性，最终容易滑向犬儒主义，反讽沦为反讽游戏。

---

① 杨庆祥：《与 AI 的角力——一份诗学和思想实验的提纲》，《南方文坛》，2019 年第 3 期。

笔者固然长期为当代文学中的"反讽传统"辩护，但不得不承认，"情感"从"机器"中突围，一种思想上的可能性，是德国浪漫派—马克思主义"机器论"批判—海德格尔式存在主义的结合，也即回到与英国思想辩证对话的德国思想传统之中，想象另一种现代性。

对于机器的批判，要回到马克思主义对于抽象统治批判的维度上，从马克思主义重新出发。提出"抽象统治"的《1857—1858年经济学手稿》(即《政治经济学批判大纲》)，其中的一节（大致相当于中译本全集"固定资本和社会生产力的发展"这一节，中译本选集这一节的标题是"机器体系和科学发展以及资本主义劳动过程的变化"）近年来越来越受到重视，被《帝国》作者奈格里等知识分子称为"机器论片断"。就中文学界而言，张历君在《普遍智能与生命政治——重读马克思的〈机器论片断〉》①一文中对此有过详尽梳理。在《机器论片断》中，马克思指出：

加入资本的生产过程以后，劳动资料经历了各

---

① 该文参见罗岗主编：《帝国、都市与现代性》(知识分子论丛第4辑)，江苏人民出版社，2006年。

　　　　　　　　　　　　　　　出东北记

种不同的形态变化，它的最后的形态是机器，或者更确切些说，是自动的机器体系（即机器体系；自动的机器体系不过是最完善、最适当的机器体系形式，只有它才使机器成为体系），它是由自动机，由一种自行运转的动力推动的。这种自动机是由许多许多机械器官和智能器官组成的，因此，工人自己只是被当作自动的机器体系的有意识的肢体。[①]

随着信息时代的劳动越来越成为劳动的普遍形式，《机器论片断》越来越受到重视。正如罗岗在《"机器论"、资本的限制与"列宁主义"的复归》一文中所描述的，"随着科学技术的发展，尤其是到了20世纪下半叶晚期资本主义时代，电脑、信息技术和人工智能……等高新科技纷纷被引入到生产线和办公室中，马克思在《机器论片断》中所描述的资本发展趋势已经变成了现实。"[②]哈特、奈格里将这种信息时代的劳动，命名为"生

---

①　马克思：《马克思恩格斯选集》（第2卷），人民出版社，2012年，第773页。

②　罗岗：《"机器论"、资本的限制与"列宁主义"的复归》，《帝国、都市与现代性》（知识分子论丛第4辑），第11页。

命政治的劳动"，罗岗就此分析到：

> 将"非物质生产"和"生命政治"联系起来，这
> 意味着"非物质劳动的霸权"不仅仅是一种资本"吸
> 纳"以及扩张至全球市场的经济方式，更是一种资
> 本支配和治理社会以及控制人的"内面"的权力方
> 式。强调"非物质劳动霸权"的重要性，并不意味着
> 可以无视传统的权力运作，更不是仅仅将这种统治
> 方式归属于"意识形态"的领域，而是高度重视这样
> 一种状况：今天人们正面临着"资本"（以及与资本
> 结合在一起的其他权力形式）对"文化""传统""情
> 感""欲望"和"潜意识"的奴役、压迫与剥削，这种
> 支配性的权力形式已经深入到传统压迫方式的内部，
> 构成了对"传统权力"的创造性"转化"。[1]

如何从这种"生命政治的劳动"中解放出来？这种
霸权的核心是"计算"，从"计算"中挣脱出来，其前提

---

[1]　罗岗：《"机器论"、资本的限制与"列宁主义"的复归》，《帝国、都市与现代性》（知识分子论丛第4辑），第14—15页。

是对于不可计算之物的思考。最终我们还是回到海德格尔《世界图像的时代》，在该文最后一段，海德格尔谈到："唯有在创造性的追问和那种出自真正的沉思的力量的构形中，人才会知道那种不可计算之物，亦即才会把它保存于其真理之中。真正的沉思把未来的人投入那个'区间'中，在其中，人归属于存在，却又在存在者中保持为一个异乡人。"[①]这个"区间"是什么？似乎意犹未尽，海德格尔在这最后一段的结尾，引用了荷尔德林的一首诗《致德国人》："我们的有生之年是多么局促，我们观看和计算我们的年岁之数，但诸民族的年岁，莫非有一只凡人的眼睛看见了它们？"荷尔德林的这首诗是《世界图像的时代》真正的结尾，海德格尔在借此暗示什么？那不可计算之物在尘世的显影是"民族"么？

张振华精读海德格尔关于荷尔德林的课程，指出海德格尔在 1934/1935 年冬季学期的课程《荷尔德林的颂歌〈日耳曼尼亚〉与〈莱茵河〉》（这是海德格尔对荷尔德林进行详细解释的第一次课）讲过这样一段话："祖国之

---

① 海德格尔:《林中路》，第 97 页。

存有，亦即民族的历史性此在，被经验为真正的、独一无二的存有，面向存在者整体的基础立场从这种存有中生长出来并赢获其整体构造。"① 张振华就此准确地指出，"海德格尔的艺术哲学同时是存在论的和政治哲学的"。② 在这个基础上，"我们可以由此把海德格尔在第一次荷尔德林解释课程中的核心问题表达为：一个民族共同体是如何生成并得到维系的？……通过我们的重构性解读，海德格尔那里呈现出一个清晰的从神（存在）到诗人到民众的生成结构，一个统一了神学、诗学、存在论、政治哲学四重领域的宏伟图景。一个民族共同体就是如此这般生成并得到维系的。海德格尔将这套结构具体应用到德意志民族上。这也是为什么，他必须解释荷尔德林的诗。"③ 海德格尔本人在《荷尔德林和诗的本质》一文中，也表达过类似的意思："存在之创建维系于诸神的暗示。而同时，诗意的词语只是对'民族之音'（荷尔德林

---

① 张振华：《诗歌与民族共同体的生成与维系——海德格尔第一次荷尔德林讲课的核心问题与思路》，《文艺理论研究》，2019年第3期。

② 同上。

③ 同上。

有一首诗题为《民族之音》，笔者注）的解释。荷尔德林以此来命名那些道说，在这些道说中，一个民族记挂着他与存在者整体的归属关系。"①

我们最终来到了两类诗的面前：小冰的诗与荷尔德林的诗。我们可以站在小冰的诗这一边，默认科层化的学术规则，以这类填补空白的"新现象""热点现象"来争取资助，并就此以技术治理为未必自知的理论基点，以批判人类中心主义的方式，将"人"隶属于"机器"。这套学术机器，本身就是更大的机器系统的组成部分。另一种选择，是以荷尔德林的诗来比照小冰的诗，从"机器"那种理性的荒诞中突围。德国浪漫派的"个人"，马克思机器论的"阶级"，海德格尔存在主义的"民族"，这三个基本要素如何整合并完成对于"机器"系统的支配，这不是新问题，而是根植于 20 世纪的难题，勾连着漫长的历史探索。

（本文英文文献相关引用系笔者自译，特此说明）

---

① 海德格尔：《荷尔德林诗的阐释》，孙周兴译，商务印书馆，2009 年，第 51 页。

后记

本书中最早的一篇文章，即分析双雪涛《平原上的摩西》这一篇，写于 2017 年的元旦至春节期间。当时借用了文学史上"新的美学原则在崛起"这一经典论断，主要是源自一种不成熟的激情：好多年没有被当代创作感动过了。不是技巧层面的，不是思想层面的，就是朴素的感动，读了之后情绪翻涌，内心难以平静。

不曾想，在 2017 年到现在这几年，真的目睹了一场文学潮流的崛起，对于这场潮流我们往往称其为"东北文艺复兴"。于是陆续地写出对于班宇和郑执的评论等。最晚的一篇，也就是写郑执的这一篇，写于 2021

年的暑假。

尽管对于这批作家的讨论绕不开"东北"，但我并不认为这是地域文学，这不是一场地方性的文学潮流。所以这本书里要收入两篇和"东北"表面上无关的文章作为附录：出生于嘉兴、在上海写作的王占黑；不知道出生于何时何地又无处不在的微软"小冰"。王占黑几乎和这一批东北作家同时登上文坛，她笔下的老王、阿金、徐爷爷尽管和东北的下岗工人们语言不通，但彼此有很多话要说；而"小冰"的写作，揭示出这个算法时代对于文学、对于人性的野心，据此我常常想起班宇的话："东北"并不是过去，而是未来。

感谢我供职的华东师范大学中文系、华东师范大学中国创意写作研究院，感谢"孙甘露名师工作室"与中国作家协会重点作品扶持项目的支持。这批文章先后发表于《扬子江文学评论》《小说评论》以及母校《吉林大学哲学社会科学学报》，也先后被"保马""文艺批评"等微信公众号推送，一并致谢以上的相关编辑。感谢上海文艺出版社各位同仁，这本书的构想就是来自李伟长兄的建议。感谢本书责编胡艳秋女士认真细致的工作。

最后，感谢我的妻子，我的女儿，我离开东北，先后遇到了你们。

　　　　　　　　　　　出东北记

图书在版编目（CIP）数据

出东北记：从东北书写到算法时代的文学/黄平著.
-- 上海：上海文艺出版社, 2021.12
ISBN 978-7-5321-8261-9

Ⅰ.①出… Ⅱ.①黄… Ⅲ.①中国文学－当代文学－文学评论 Ⅳ.①I206.7

中国版本图书馆CIP数据核字(2021)第274672号

发 行 人：毕　胜
策　　划：李伟长
责任编辑：胡艳秋
装帧设计：胡斌工作室

书　　名：出东北记：从东北书写到算法时代的文学
作　　者：黄　平
出　　版：上海世纪出版集团　　上海文艺出版社
地　　址：上海市闵行区号景路159弄A座2楼 201101
发　　行：上海文艺出版社发行中心
　　　　　上海市闵行区号景路159弄A座2楼206室 201101 www.ewen.co
印　　刷：上海安枫印务有限公司
开　　本：787×1092 1/32
印　　张：7.875
插　　页：5
字　　数：115,000
印　　次：2021年12月第1版 2021年12月第1次印刷
I S B N：978-7-5321-8261-9/I·6527
定　　价：68.00元
告 读 者：如发现本书有质量问题请与印刷厂质量科联系　T:021-53201888